KB231839

문호준 장편소설
일그러진 자화상

문호준 장편소설

일그러진 자화상

도서출판 지우

차 례

작가의 말

‘개구리소년 실종사건’이 발생했을 때였다.

필자는 어처구니없는 소문 하나를 들었다.

“문둥이들이 개구리소년들을 데려가 잡아먹었다.”

광속의 시대를 살면서 어떻게 이런 말도 안 되는 소문을 만들어낼까를 고민하면서, 한센인들의 가슴에 지울 수 없는 상처를 남기는 그 저의를 묻지 않을 수 없었다.

신이 만들어낸 것 중 가장 아름답고 위대한 것은 사람이라고 한다. 사람은 누구나 아름답고 위대한 사람으로 존중받아야함은 너무나 당연하다.

그럼에도 불구하고 한센인들은 한센병에 걸린 것을 아는 순간부터 범죄자처럼 평생 숨어 살아야 했고, 가족과도 생이별한 채로 외롭게 살아야만 했다.

법정 3군 전염병으로 전염력이 매우 약해진 현재에 이르러서도 마찬가지다. 치료제인 ‘리팔피신’을 한 번만 복용해도 거의 살균이 되고, 1년에서 길게 2년 정도 복합치료를 받으면 깨끗이 완치된다. 그럼에도 현재 2만여 명의 한센인

이 전국 88개 정착촌에서 외부와 단절된 채 살아가고 있다.

　일제강점기, 일본군에 의해 심어진 한센병에 대한 무지와 편견이 여전히 그들의 가슴에 못을 박고 인권을 짓밟는 형국이다.

　소설 《일그러진 자화상》은 비뚤어진, 우리들의 자화상이다.

　일단 비딱하게 보면, 제대로 보지도 않고 듣지도 않으려는 우리의 일그러진 시선

　"진한은 비로소 화가의 시선으로 사람들의 상처를 살펴보기 시작한다. 그들의 상태, 변화, 치료 되는 과정들을……."

　소설의 마지막은 주인공 강진한이 '비로소 화가의 시선'으로 사물을 인식하고 세상을 보며 '화해의 삶'을 사는 것으로 끝을 맺는다.

　내 마음 속에 오래도록 똬리를 틀고 있던 소설 속 인물인 한센인 우천교, 권규학 그리고 그의 친구 강진한을 내 삶에서 떠나보낼 시간이 빨리 오기를 간절히 바라는 마음으로…….

2015년 뜨거운 8월,　청천 농장 서재에서

문호준

프롤로그

당신은 좋은 사람입니까~

은하 누님께 1

많은 생각을 한 끝에 편지를 드립니다.

서신에 대한 예절은 저도 압니다. 인사말을 해야겠지요. 상대의 안부를 물어보고 제 안부도 몇 자 적고, 그리고 본론으로 들어가는 것도 압니다.

누님의 안부. 근황. 아주 잘 알고 있습니다.

누님 역시 제가 어찌 지내는지 잘 아시리라 생각합니다. 그래서 본론부터 써내려가기로 했습니다.

그래도 참 어렵습니다. 무엇을 물어야 하는지는 분명히 알지만, 무엇

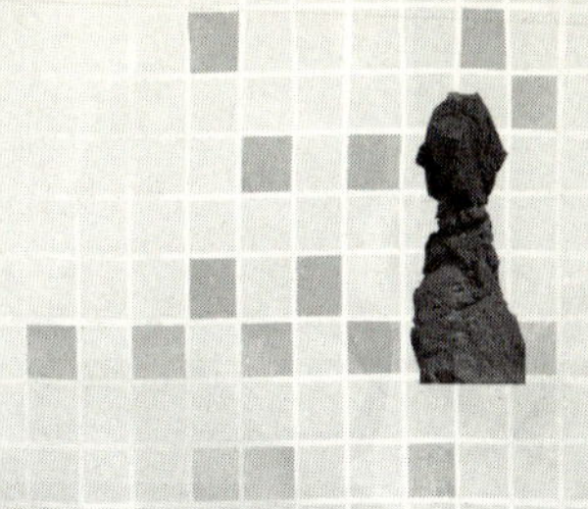

부터 물어야할지는 모르겠군요.

  (한참을 생각한 후 다시 씁니다. 어떻게 쓸 것인가를 생각한 것은 아닙니다. 중요한 건 내가 어떤 내용을 쓰느냐가 아니라 누님이 어떠한 마음으로 그런 일을 하셨나. 그것을 알고 싶을 뿐이니까요. 그러니 생각이 떠오르는 대로, 그렇게.)

  오래 전 열아홉 시절.

  그러니까 누님을 알게 된 직후 그때도 말했지만, 나는 누님과 대화하는 것을 좋아했습니다.

  나라는 아이 ─ 그 당시의 나 ─ 를 이해하기 때문일까요. 그렇지 않습니다. 오히려 누님은 나에 대해 모르는 부분이 더 많았지요. 그러니 나라는 사람을 알아주기 때문에 대화 상대로 좋았던 건 아니라는 말입니다.

  누님과 나눈 대화시간 속에서 누님에게는 내 세상을 가득 채워주는 그 뭔가가 있었고 그래서 나는 누님이 더 좋았습니다.

누님은 이야기를 잘 들어주는 분이라는 것도 압니다.

물론 내가 아닌 다른 누구의 이야기라도 잘 들어주는 사람이겠지요. 상대에 대한 애틋한 마음 없이도 그 사람의 이야기를 들어주는 사람. 그 사실은 한참 후에 알게 되었고, 그때는 이미 나는 누님에게 사랑이라는 감정을 처음 경험한 후였습니다. (오래 전에 이 감정을 전달한 바 있으니 지금 곤란에 빠졌다고는 생각하지 않습니다.)

다섯 살 연하.

내가 그 "나이 차이"로 고민하고, 연애감정이라는 열병에 드러누웠을 때, 곧 죽어버릴 것 같았던 그 시간은 누님에게는 아무런 의미도, 기억에도 없었지요. 누님은 내 감정을 분명히 알고 있었지만, ― 나의 표현은 아주 직접적이고 정확했으니까요 ― 어떠한 상념도 없었습니다. 왜냐하면 그분. 누님 마음과 머릿속은 온통 규학 형님뿐이었으니까요.

　물론 당시 나 또한 그 가능성을 추측은 했지만, 몇 초 되지 않아 그럴 리가 없다는 결론에 도달했습니다. 왜냐하면 그는 문드러지고 있었으니까요. 조각 같은 그 얼굴에 반했을지라도 - 내가 누님에게 반한 것처럼 말입니다 - 세월이 가면, 사실 세월이라는 긴 의미의 단어를 쓸 필요도 없습니다. 며칠 만에. 아시다시피. 그 "며칠" 만에 팔다리를 자를 수도 있으니 말입니다. 그러니 형님은 녹아버리는 사람으로, 내 마음 속에서 결정해 놓고 안심했습니다. 나도 그를 아주 많이 좋아했지만 - 어느 누가 그 사람을 싫어하겠습니까. - 아이러니하게도 그 순간만큼은 그의 병을 놓고 처음으로 하나님께 감사기도를 했으니까요.

　갑자기 비가 많이 오네요.
　차 한 잔 책상 위에 놓고 다시 앉았습니다.
　딱 이 맘 때지요. 같은 계절, 같은 공기.

어쩌면 이럴 수가 있을까요.

누님을 처음 봤을 때, 두 번째 봤을 때, 세 번째 봤을 때.

그 사이 세월의 공백 기간이란 애초에 없었던 것처럼 서른다섯. 스물둘, 열아홉의 내가 이어집니다.

나라는 존재가 하나라는 걸 증명하듯 당시의 감정, 생각, 기억.

모든 게 아주 당연하게 담겨졌습니다. 어떤 이의 인생을 스크린에 담아서 두 시간 동안 보여주는 것처럼 단번에 계속 이어지는 이 상황이 뭐랄까, 참 당황스럽군요.

그 시절, 나는 이 섬이 싫어서 서울로 무작정 도망갔고, 반년이 지나 아버지의 소식을 듣고 다시 돌아왔습니다. 그리고 이틀이 지나서야 누님의 존재를 알게 되었지요. 문드러진 사람들을 돌보기 위해 뭍에서 온 아름다운 사람. 나는 그 여성에게 반했습니다. 어려서부터 죽도록 싫었던 그 섬이 그 순간. 정말로 아름다운 섬이라는 걸 처음으로 보게

되었고요. 며칠 지나 어렵사리 누님께 건넨 인사말을…… 혹시 기억하시는지요.

— 정말 좋은 분을 알게 되어서…… 정말, 좋습니다.

그 당시에는 너무나도 떨렸던 터라 어눌한 그 말투는 — 지금은 흉내도 못 내겠습니다. — 곧장 내 귀로 되돌아왔지요. 그리고 내 몸통 전체에서 이렇게 울려 퍼졌습니다.
'넌 바보야. 바보. 인사가 그게 뭐냐.'
부끄러워서 죽을 것 같았을 때 누님이 웃으면서 말했지요.

- 좋은 사람은 좋은 사람을 알아본대요. 나도 반가워요.

누님에게는 어쩌면 그 날의 기억조차 없을지도 모르겠습니다. 사실 그 인사말 같은 추억 따위는 없어도 됩니다. 그러나 당시의 나는 아주 나쁜 놈이었고 아시다시피 이후로는 더 나쁜 인간이 됩니다.

당시를 생각해보면, 적어도 나는 누님에게는 착하고 좋은 사람이 되고 싶었고, 그런 척을 잠시 한 적도 있었지요. 착하게 살아보려고 시도는 했다는 그 몇 가지는 누님이 칭찬했던 그러한 일들이었습니다.

타인 챙기기. 배려하기.

열아홉 살, 누님을 알게 된 그때부터 스물둘까지 일기를 썼고, 일기를 통해 마음먹은 내용의 내 감정을 누님에게도 전했습니다. 그러나 그 일기장은 두 분의 결혼 소식을 듣고 이내 아궁이 속으로 던졌지요.

그 날 이후, 두 번 다시 일기 쓰기 따위는 시도한 적이 없습니다. 내가 죽은 후에 누군가 보겠지 하는 생각으로 놓은 가짜와 진짜를 섞어놓은 기록. (나에 대한 이야기를 쓰다 보니 누구든 자신을 객관적으로 보기 좋은 건 글만큼 좋은 건 없다고 생각해봅니다. 그림은 그 해석도 각자가 다르니까요.)

당신은 좋은 사람이었습니까?

궁금합니다.

이 간단한 질문은 모든 의문의 시발점이기도 합니다.

이 질문을 하기 위해 위의 말들을 굴비 엮듯 늘어놓은 것은 아닙니다. 그림 그리는 재주는 있을지 몰라도 글 쓰는 재주는 없으니까요. 그 재주가 없어 돌고 돌아 물어보는 것은 더더욱 아닙니다.

나는 일기를 불태운 후에는 더 못 된 사람으로 변했습니다.

비록 가짜 감정을 섞어놓긴 했지만 문자로 기록된 나에 대한 것은 일체 보지 않게 되었으니까요. 기록을 한 사람은 나 자신으로 그 가짜가 무엇인지를 알아채는 순간에 반성은 하긴 했기 때문이지요.

단순한 인사말.
기억에도 안 남을 그 인사말을 끄집어내니 내가 봐도 편집증환자 같습니다. 그럼에도 불구하고 다시 물어봅니다.

당신은 좋은 사람입니까?

혹시 동족이어서 동족을 알아본 건 아닙니까.

생각해보니 이 질문의 답은 저에게 들려줄 필요는 없습니다.
누님이 여기까지 읽었다면 몇 번을 멈추고 허공을 쳐다보며, 혹은

별안간 어지러워진 글자를 한참 바라보며 생각해 봤을 테니까요.

나는 종이를 빌려 내 생각과 마음, 내가 겪고 본 사건을 고스란히 기록할 생각입니다. 그래서 나는 누님에게 몇 가지 질문을 할 것이고 누님은 우리에게 반드시 들려줘야 할 의무가 있는 겁니다. 그러니 우리가 반드시 알아야 할 이야기를 기다리겠습니다. 우리가 납득이 갈만한 내용을 들어야겠습니다.

소록도에서
강진한 드림.

17

1장

뭉그러진 섬

1

다섯 살의 강진한이 아버지 강상구 목사의 손목에 이끌려 그의 가족과 함께 녹동항을 출발하여 소록도(小鹿島)에 도착했을 때는 해무(海霧)가 물밀듯 밀려들기 시작한 때였다.

엄청나게 크고 하얀 정체불명의 괴물처럼 먼 바다로부터 꿈틀거리다 용솟음친 안개는, 통통배에서 내려 막 섬에 발을 디딘 강상구의 가족을 기다렸다는 듯이 휘감아버렸다. 안개는 배에서 내린 그의 가족에게만 덤벼든 것이 아니었다. 멀리서 보이던 섬, 그러니까 배를 타고 오며 눈에 잡혔던 섬의 흐릿한 윤곽마저 아예 삼켜버렸다.

"쯧쯧쯧, 낭패로세, 좀체 이런 일이 없었는데. 요 며칠 웬 조홧속인지 모르겠네."

마중 나와 있던 것으로 보이는, 키가 그닥 크지 않은 섬사람 하나가 인사 대신 혀를 차며 강 목사 가족을 향해 말문을 열었다.

"평양서 예까지 오시느라 고생 많으셨습니다 강 목사님. 함께 마중 나오시려던 두 목사님은 오늘 섬에 급한 일이 있어서요. 차차 뵙는 걸로 하시죠. 전, 강 목사님께서 거주할 동창리 마을 대표 우천교라고 합니다."

목소리로 미루어 짐작하건대 사십대 후반 가량은 된 듯했다.

뭍에서 만났던 사람이었다면 그가 환우란 사실을 까맣게 잊을 만큼 상냥함도 배어 있었다. 무엇보다 말씨가 공손했다.

강 목사는 우천교의 말을 듣고 난 후에야 섬에 도착함과 동시에 가졌던 불길함을 일소했다. 잠시 잠깐, 내색하진 않았지만 하필이면 그날 그렇게 안개가 섬을 삼켜버린 것이 불길했고, 일면식의 김 목사와 손 목사가 마중 나와 있지 않은 것 또한 마음에 걸렸었다.

그러나 그것도 일순간뿐이었다.

강 목사가 내심 안도의 숨을 내쉬기 무섭게 우천교는 손끝으로 어딘가를 가리키며 말했다.

"저쪽입니다, 목사님. 가시죠!"

좀 전의 그와 지금의 그는 전혀 다른 사람인 듯 목소리에는 새삼스레 어떤 절도가 배어나왔다. 다른 이의 사정쯤이야 개의치 않겠다는 듯이 자신의 할 말만 툭 하니 던지고는 바로 몸뚱어리를 움직였다. 그 뒤를 강 목사가 엉겁결에 따라나섰고, 그 다음으로 강 목사의 가족이 덩달아 잰걸음을 뗄 때였다. 이후, 우천교는 공백처럼 깊고도 긴 침묵을 지켜내며 빠를 것도 느릴 것도 없는 걸음걸이로 안개 속을 헤쳐 나가곤 했다.

'안개 때문일 테지.'

강 목사는 긴 침묵을 지켜내는 우천교의 뒤꽁무니를 따르며 스스로를 그렇게 달랬다.

2

　강상구는 소위 말하는, 평양 대부흥 때 "불을 받아서 훌렁 뒤집어진" 기독교의 영향을 받은 부모 밑에서 신앙생활을 했다. 그러니까 평양 대부흥이 일어난 그해 초겨울, 강상구의 아버지는 그의 처에게 강제로 끌려가다시피 평양 장대현 교회의 부흥사경회에 참석했다.

　강상구 아버지의 여성편력은 혼인 전부터 그날까지 계속이었고 육 남매를 낳고 키우던 삼십대 초반의 그의 아내는 마음을 비우리라 결심하고 "공수래공수거"를 신앙처럼 여기며 살았었다. 그러던 어느 날 갑자기 나타난 선교사로 인해 그의 아내의 삶은 일백팔십 도 바뀌었다.

　"이 세상은 다 네 것이고 너는 내 것이라."

　선교사의 그 말 하나로 강상구의 어머니는 기독교로 갈아탔던 것이다. 그리고는 사경회가 있던 날, 시숙과 함께 남편이자 강상구의 아버지를 그곳으로 반강제로 참석시켰던 것이다

　사경회에서 선교사와 교회 지도자들은 앞서 자신들의 잘못을 공개적으로 눈물과 함께 잘못을 고백하고 뉘우쳤는데 그것이 평양대부흥(1907년 평양에서 회개와 뉘우침, 새로운 삶을 선언하는 운동이 전국적으로 일어났다. 부흥회는 전국으로

확산되면서 조선의 기독교인 수가 폭발적으로 늘어났는데 이
를 '평양대부흥 운동' 혹은 '성령대부흥 운동'이라고 부른다.)
의 시작이었다. 그날 강상구 아버지도 회중들에게 울면서 고
백을 했다.

"내가 이 남자의 마누라와 바람을 폈소."

그런데 그 남편이라는 사람이 강상구 아버지에게 달려들어
두들겨 패기는커녕 되레 그와 자기 마누라를 부둥켜안고 용
서한다고 울어댔다고 한다. 그날 이후 평양의 기독교 신자
수가 폭증 현상이 일어났다. 그러니까 강상구로 말하자면 그
들 세대로부터 신학과 신앙을 전수받고 소록도, '하늘의 벌
(천형)'이라 불리는 나환자, 즉 한센인들을 수용하고 격리하여
치료하는 곳으로의 이주를 결정했던 것이다.

3

마을 모퉁이를 돌아 골목길로 접어들었다.

인적이 없어서인지 세상의 온기마저 멀어진 느낌이었다.

어린 진한의 눈엔 안개가 삼켜버린 세상이 도무지 분간이
되지 않았다. 세상에서 처음으로 경험해보는 안개였던 것이다.

얼마쯤 지났을까, 우천교의 안내를 받아 안개를 통과해 도
착한 곳은 흐리멍덩하게 윤곽이 드러나는 허름한 건물 앞에

서였다. 순간, 진한은 놀라 크게 소리를 지를 뻔했다. 우천교가 "이곳이 목사님 가족이 계실 교회입니다"라는 말만 하지 않았다면 분명 그곳은 진한이 세상에서 처음 보았던, 무엇인가를 닮아 있었기 때문이다.

커다랗고 빼곡한 무덤가처럼 보였던 것이다.

4

'어둠은 한 번도 빛을 이긴 적이 없다.'

성경의 한 구절처럼 진한의 가족이 교회에 딸린 관사에 들어서자 기승을 부리던 안개가 사방을 습기로 젖어들게 하고는 꽁무니를 빼기 시작했다.

"뭐야, 죄다 젖었잖아. 지독한 안개로군."

강 목사가 입었던 양복 겉저고리를 벗으며 말했다. 그러자 우천교는 잰 걸음으로 그의 양복을 받아 들었다. 순간, 진한은 또 한 번 놀라 자빠질 뻔했다. 우천교의 두 손 모양이 자신의 그것과는 사뭇 달랐던 것이다.

어린 진한은 자신이 뭔가 잘못 본 게 아닌가 싶어, 주먹을 그러쥔 조막만한 손으로 몇 번이나 자신의 두 눈을 비벼댔다. 그러고는 다시 두 눈을 동그랗게 뜨며 우천교의 손과 자신의 손을 번갈아 살피곤 했다. 뭉뚝하기도 하고 뭉그러진

듯한, 자신의 손과 다른 그런 손이 있다는 사실이 어린 진한
에게는 충격이 아닐 수 없었다.

하지만 그것도 잠시. 섬에 도착한 후, 진한이 섬에서 마주
친 사람들의 모습은 대부분이 그러했다. 손이 뭉그러진 사람,
눈이 뭉그러진 사람, 코가 뭉그러진 사람, 입이 뭉그러진 사
람, 귀가 뭉그러진 사람, 다리가 뭉그러진 사람.

그때부터였을 것이다. 진한이 세상에 두 종류의 사람만이
존재한다는 사실을 알게 된 것이. 가족과 몇 사람을 제외한
나머지 세상 사람들은 죄다 그렇게 생겼는지 알았다. 적어도
열 살 때까지는.

5

짐은 얼마 되지 않았지만 이사는 이사였다.

목사인 아버지 강상구, 어머니 권옥자, 진한의 세 살 터울
누나 강진영 등 네 식구가 들고 이고 왔던 남루한 살림살이
를 풀어놓자 한 살림이었던 것이다.

교회와 관사에 대한 안내를 마친 우천교가 잠시 다녀올 곳
이 있다고 자리를 비운 사이, 진한 가족은 짐정리를 서둘렀
다. 우천교가 돌아오면 섬 곳곳의 지리를 살펴야 했으니까.

강 목사 부부가 열심히 짐정리를 하는 사이, 진한과 진영

남매는 피곤했던지 구석에서 서로를 부둥켜안은 채 곯아떨어져 있었다. 두 아이가 잠들어 있는 것을 확인한 강 목사 아내는 남편의 눈치를 보며 나지막이 말문을 열었다.

"나병이 완치됐다면 정말 우리 아이들한테는 문제 안 생기겠죠? 손 목사님이나 김 목사님이 우리 아이들 생각해서 완치된 신도들만 보내주시는 거 맞죠?"

그 말에 강 목사가 눈을 크게 뜨며 버럭, 소리를 지르다 말고 입을 닫았다. 진한이 뒤척이는 소리가 들렸기 때문이다.

"손 목사님이나 김 목사님 앞에선 두 번 다시 그런 말 마오."

화를 참듯 한 템포 늦춰 말문을 여는 강 목사였다.

"설마 제가 그 어르신들 앞에서도 그럴까요."

"뒤에서도 하지 말란 말이오. 핍박 받고 순교당한 사람들이 얼만데 고작…… 쓸데없는 말마시오. 그것도 사모가 그런 생각을 하다니."

강 목사가 말을 마칠 즈음 관사 밖에서 인기척이 들렸다.

강 목사가 문을 열자 예상대로 우천교가 서 있었다. 그런데 그의 표정이 예사롭지 않았다. 넋이 빠진 사람 같았다.

"목사님, 대학살이 일어났습니다. 저들은 인간이 아니에요 어떻게 인간의 탈을 쓰고……."

6

진한의 가족이 섬에 도착한 때는 광복이 된 지 불과 며칠 지나지 않은 때라 안팎이 어수선했다. 조국의 광복 소식을 전해들은 원생들은 마을 곳곳에 세워진 신사를 불태우고, 감금실에 갇혀 있던 원생 모두를 석방시켰다.

병원 운영권을 장악하기 위한 의사와 행정 직원 간의 세력 다툼이 더해지면서 섬 전체의 분위기는 더더욱 어수선했다.

"의사는 환자를 고치는 게 할 일이지, 병원 운영을 하라는 게 아니지요!"

"사람 고치는데 먹이고 약 줘야 하잖아. 그 비용을 매번 당신들한테 굽실거리면서 결재 허락해달라고 해야 하나? 그것도 의사 업무에 들어가야 하냐고."

"그럼 투표 합시다."

"그럽시다, 대신 결과에 대해서는 피차가 승복해야 합니다."

그러나 병원 운영권에 대한 투표에서 직원들에게 패한 의사 석사학은 직원들로부터 다시 주도권을 빼앗기 위해 원생 대표 이종규를 가만히 불러냈다.

"저놈들이 운영권도 빼앗더니 이젠 원생들의 밥그릇에 식

량과 치료제까지 털어서 의약품 등을 섬 밖으로 빼돌리려고
하네.”

그 말은 곧 자신들의 생존과 직결되는 일이었기에 원생들
은 극도로 흥분을 했다. 분노에 기름을 끼얹은 꼴이었다.

몽둥이와 삽 등을 챙겨 들고 직원 지대 입구로 몰려갔다.

사태가 급박해지자 직원들은 원생들을 향해 공포탄을 쏘며
위협을 가했으나 원생들은 꿈쩍도 하지 않았다. 그러자 직원
들은 아예 실탄을 채워 사격을 가하기 시작했다. 그 바람에
여자 원생 몇 사람이 쓰러졌다.

“등신아, 여자를 쏘면 저놈들이 더 광분하는 거 모르나!”

과연 이를 본 원생들이 흥분하여 문을 박차고 들어와 직원
들을 폭행했다.

“숨통을 끊어버려. 죽여라.”

“악!”

원생이 내려치는 몽둥이에 직원이 피범벅이 되어 숨이 떨
어지자 직원들은 겁을 먹고 벽에 붙었다.

“뭘 원하는 거요?”

“병원 운영권을 원생자치회에 넘기시오.”

“그럼 내일 만나서 얘기 합시다. 제발 부탁이오. 그쪽이나
이쪽이나 시신은 수습해놓고 이야기해야 하지 않겠소!”

직원들은 흥분한 원생들을 달래어 협상할 것을 제안해 놓
은 후, 인근의 고흥 치안유지대(일본인)에 지원요청을 했다.
그리고는 고흥 치안유지대와 함께 무장을 하고 자신들과 협

상하기 위해 나온 원생 대표들을 모두 결박한 후 그 자리에서 사살해 버렸다.

직원들은 거기에서 그치지 않았다.

소록도 각 마을에 있는 원생 간부들을 찾아내 대창으로 찔러 죽이고 총으로 사살하여 치료본관 앞, 장작을 쌓은 모래사장 구덩이에 송탄유(松炭油)를 붓고 시신을 모두 불태워 버렸다. 바다에까지 나가 기다렸다가 식량을 싣고 돌아오는 원생 간부들마저 사살했던 것이다.

90명의 각 마을 대표 원생 중 84명이 희생되고 6명만이 간신히 살아남았다. 그중 한 명이 우천교였던 것이다.

"목사님, 저도 오늘 죽었을 목숨입니다. 목사님 댁에서 쫌 더 빨리 나갔다면 말입니다."

"……."

강 목사는 아무런 대꾸를 할 수 없었다.

우천교가 전해준 소식은 더더욱 기함할 일이었다.

"소록도에 남아 있던 200명 정도의 일본인들은 공회당에 집결하여 사건엔 직접 말려들지 않았어요. 일본인은 단 한 사람도 피해를 입지 않았단 말입니다. 그들은 방금 전, 철수하는 군인들을 따라 여수로 안전하게 빠져나가 귀환 길에 오르지 않았습니까. 어떻게 수 십 년간 우리들을 핍박하고 괴롭혔던 놈들은 두 발 멀쩡히 이 땅을 살아서 돌아가게 하고, 단 하루라도 인간답게 살고자 했던 사람들, 것두 같은 민족을 그토록 잔혹하게 학살할 수 있단 말입니까 목사님. 하늘이 있기는 한 것인지요!"

　말을 하는 내내 목이 아프게 울음덩이를 삼키는 우천교였다. 운다고 풀릴 한(恨)이 아니란 걸, 이 세계는 그런 나약함이 통하지 않는다는 것을 알기에 더 이상의 한숨은 입에 물어버렸던 것이다.

　강 목사는 내내 두 눈을 질끈 감았다. 간혹 눈을 떠 뭉그러진 그의 두 손을 그러쥘 뿐 아무런 위로의 말을 건네지 않았다. 아니, 못했다. 위로를 하는 순간, 우천교의 뇌관을 건드릴 것이 두려웠기 때문이다. 간혹 불규칙하고 낮은 소리로 "오, 주여~"하는 소리가 비집고 흘러 나왔을 뿐.

7

　우천교가 섬 안내를 위해 강 목사의 집에 다시 모습을 드러낸 것은 삼일 후로, 며칠 동안 기승을 부리던 지독한 안개가 더는 피어오르지 않는 아침나절이었다.

　"섬의 크기는 대략 넓이로 한 150만 평 이쪽저쪽 됩니다."

　딱히 설명이 필요하지 않았지만, 우천교는 잰 걸음으로 앞서 걸으며 섬 곳곳을 안내하기 시작했다.

　"섬 전체 중 직원들이 거주하는 직원 지대 3분의 1정도를 제외한 나머지는 병사 지대로 중앙리, 녹생리, 신생리, 서생리, 동생리, 남생리, 구북리 등 일곱 개 마을로 구성되어 있습니다. 직원 지대는 섬의 서울이나 매한가지죠. 서울에 가까운 마을이라고 해서 장안리라는 이름이 붙여졌거든요. 그리고 중증 만성질환자나 합병증, 치매, 정신질환 및 그 외에 병사에서 치료하기 힘든 기타 질환을 가진 원생은 병원 본관 등에 마련되어 있는 병동에 입원하여 치료를 받고 있어요. 그러니 목사님과 가족들은 저 같은 문둥이들로부터 병이 옮지 않을까 하는 것에 대해 염려할 것은 없다 이 말입니다.”

문둥이들.

그랬다. 우천교가 하는 말 중 어린 진한이 알아들을 수 있는 말은 문둥이들, 하나였다. 유독 그 단어 하나만이 뚜렷하게 귓가를 강타했다. 소록도에 들어오기 전, 강 목사는 평양에서부터 가족들에게 그 말을 금기어로 당부해두었다.

진한은 이상했다.

‘우천교가 스스로를 문둥이라고 하는데 아버지는 어째서 말도 꺼내지 말라 했을까?’

8

직원 지대와 한센인들이 주거하는 병사 지대는 조그만 언덕을 사이에 두고 홍해 바다처럼 갈라져 있었다.

어른 걸음으로 200여 미터 정도를 걸어 내려가면 완충 지대가 나오는데 병사 지대 방향의 철조망으로 해서 장안리(長安理) 부락이 위치해 있다. 왼쪽으로는 시원스레 펼쳐져 있는 바다 한 부분이 시야를 가득 채웠다. 호수처럼 투명한 바다 위 저만치에서는 득량만(得糧灣)을 오가는 돛단배들이 연신 오락가락해대고 있다.

"풍광이 아름답죠, 다도해라서. 계절을 가리지 않고 조경이 빼어난 곳은 이곳이 단연 최곱니다. 감탄이 절로 날만큼."

언제 그랬냐는 듯 슬픔을 떨쳐낸 듯한 우천교의 말엔 어느새 힘이 실렸다.

"밖에서 듣기만 했던 거랑은 딴판입니다. 실제로 보니 섬 전체가 무슨 공원처럼 아름다운 걸요. 섬 이름이 작은 사슴의 생김새를 뜻하는 것 같지만, 보니까 아름다운 풍광 때문에 지어진 이름 같다는 생각이 드네요."

그래서였을까, 대꾸하는 강 목사의 목소리도 살짝 높아졌다. 그러나 강 목사는 자신의 말이 떨어지기 무섭게 움찔 하지 않을 수 없었다. 우천교의 표정이 지독한 안개가 꼈던 날 지었던, 그 어두운 표정으로 바뀌어 있었기 때문이다.

'대체 종잡을 수 없는 사람이야 우천교 저 사람.'

표정을 바꾸고 방향을 바꿔 앞서 걷기 시작한 우천교의 뒷모습을 보며 강 목사는 혼잣말을 했다. 그리고는 내내 침묵을 지키며 예의 그 빠를 것도 느릴 것도 없는 걸음걸이를 따라 걷기만 했다.

우천교는 신생리 돌부리 해안 근처에 이르러 걸음을 멈추었다. 돌부리 해안 근처는 인가나 사람의 왕래가 거의 없었다.

걸어오는 동안 한 사람도 맞닥뜨리지 않았다.

다만 바로 발밑의 바다가 파도를 치는 것이 한여름의 더위를 잦아들게 하며 사람의 인기척 대신 알은체를 했다.

산비탈 쪽, 콘크리트로 만든 원통형 건물 위에 갓처럼 생긴 지붕을 올린 만령당(萬靈堂)이라 쓰여 있는 곳에 이르러선 우천교의 표정이 더더욱 일그러졌다. 강 목사와 아내 권옥자는 무슨 영문인지 알아내려고 불안스런 눈길을 주고받았다. 그러고 보니 우천교의 일그러진 표정만큼이나 만령당이란 곳의 분위기도 으스스했다. 진한이 권옥자의 치마폭으로 숨어들었다.

"납골당이죠. 지난 30여 년 동안 이 곳으로 왔던 사람들, 저 같은 문둥이들이 주인도 없이 한 줌의 재가 되어 잠들어 있는 곳입니다. 4천여 원혼이 잠들어 있으니까요."

우천교의 말에 강 목사 내외는 약속이라도 한듯 절로 고개를 끄덕였다. 우천교의 표정이 수긍 되었을 터.

"그리고 말이죠. 아직 살아 있는 이 섬 4천여 원생들이 언젠가는 동료들의 손에 의해 한 줌의 재로 이곳에 뉘게 될 한스런 마지막 장소이죠. 이를 수도, 늦을 수는 있겠지만 언젠가는 뉘게 될 곳이 아니겠습니까."

이어지는 우천교의 목소리에는 비장함마저 감돌았다.

"저 같은 문둥이들요, 남녀노소 가릴 것 없이 이곳을 지나

칠라치면, 언젠가는 병이 나아서 이 섬을 나가게 될지도 모른다는 희망과는 무관하게 한 번씩은 누구나 그런 두려움을 갖게 만드는 곳이에요."

강 목사는 그러고도 남을 것 같다, 라는 생각이 들면서도 이곳의 원생들 모두가 만령당에 안치 된다는 것은 납득이 되지 않았다. 연고자가 있는 이들도 있을 텐데.

"물론 화장 후에 연락은 하죠. 하지만 유골을 찾아가는 경우는 거의 없다고 보시면 됩니다. 찾아가는 건 둘째 치고 집안 식구 중에 환자가 있다는 사실이 알려지는 것을 두려워해 살아 있을 동안에도 연락을 하지 않아요."

그랬다. 원생들 또한 자의든 타의든 일단 섬으로 들어오면 이름이나 고향을 숨기기 일쑤였다. 그것이 또 이 섬 생활의 한 관습처럼 되어 버린 터라 그것을 탓하지 않았다. 더러 병원 측의 원생 관리에 불편을 주었으나 달리 어쩔 도리가 없었다. 자신들을 외면한 가족들이지만, 자신들로 인해 가족이 불편함을 입는 것을 염려한 때문이었다,

당연히 소식을 받고 유골을 찾아가주는 가족이 있을 리 없었다. 고향과 이름까지 철저하게 숨기며 살다 죽어간 원생들의 경우에는 당사자의 죽음을 알릴만한 연고자를 찾아내는 일이 여간 어려운 일이 아니라고 했다.

소록도 섬사람들은 죽어서조차 외면 받는, 그래서 강 목사로선 자신이 돌봐줘야 하는 사람들이라고 여겼다.

9

바닷가 선창가가 있는 동생리(同生里).

그곳은 소록도 병원의 네 번째 원장이었던 일본인 수호 원장이 원생들, 말하자면 환자들을 동원하여 오랜 기간 끝에 이룩해낸 병사 지대의 관문이나 마찬가지다.

"여기는 사람으로 치자면 심장부지요. 심장을 지나 모든 기관에 피가 공급 되는 것처럼."

병사 지대로 들어오는 보급품과 산물 반출 모두가 이곳을 통하게 되어 있으므로 섬의 생명선이나 다름없는 곳인 셈이다. 하지만 해변을 끼고 도는 외곽선 도로나 섬 복판에 세워진 벽돌 공장 건물과 함께, 그 시설은 원생들의 억울하고 비참한 희생이 많았던 곳으로 원생들 사이에 깊은 원한이 가시지 않고 오히려 차곡차곡 쌓여 있는 곳이기도 했다.

"그래서 한편으로는 마음을 많이 다친 그런 곳이랍니다. 심장하고 마음은 같은 장소에 있는 거 맞지요, 목사님?"

수호 원장은 이 선창가와 외곽선 도로 개설을 이룩해낸 공적으로 자기의 동상을 강제로 선물하도록 했었다.

"아, 썩어가는 인간들에게 베푸는 이 자연의 소박한 선물이란…… 섬에서 섬으로 연결되는 내 나라에서는 본 적도 없는 정말 아름다운 섬이구나."

당시 수호 원장은 양손의 엄지와 검지를 사진 앵글을 맞추 듯 이리저리 둘러보며 섬의 아름다움을 극찬했다고 했다.

"다행인 줄 알아. 레오나르도 다빈치가 화가이자 과학자였 듯이 나는 의사이자 건축에도 일가견이 있거든. 소록도를 세 계적인 요양소로 만들어주겠다. 아름다운 풍경에. 노동력까지 준비되어 있으니 이것이 나의 임무이지. 지상낙원, 내가 그걸 이뤄주겠다"고 하면서 자금을 어떻게 충당할 것인지를 묻는 심복에게,

"자금? 저놈들이 돈을 벌어서 어디다 쓰겠나? 건축에 도로 시설에. 그럼 일하는 보람도 있겠지. 다 지들 좋으라고 하는 거니 마다할 리가 있나. 가만있자. 환자들 삼 개월치 월급이 면…… 일단 그걸로 내 동상을 세우도록 하지." 그러면서 덧 붙이기를 "내가 이렇게나 좋은 구상을 했으니 나한테 감사를 표하고 일을 해야 하는 게 맞는 거지. 절도 있고 교회도 있 으니 수호 동상만 있으면 금상첨화지"라는 말을 했다.

말하자면 그는 선창 축조 공사와 도로 개설 작업에 동원되 었던 환자들의 노임을 강제로 거둬서 자신의 동상을 세우도 록 하였던 것이다. 그는 거기에서 그치지 않았다.

"가만있자. 저 낭떠러지는 그대로 두기엔 아깝구만. 저 테 두리를 뱅 돌아서 도로를 만들어야겠다. 그래야 도망가는 놈 들을 순찰하기 좋을 테니까. 전경이 딱 그걸 위한 거야. 순찰 도로."

이번에도 자금을 어떻게 충당할지 묻는 심복을 향해,

"어허. 자네 머리는 폼으로 있나? 먹지도 못하고 일도 못하는 중증환자는 괜히 있나? 식량 의복. 그거 거둬서 돈으로 바꾸란 말이다"라며 악랄함의 극치를 드러냈었다.

동상을 세운 후, 한 달에 한 번씩 '보은 감사일'을 정해놓고, 섬 전체 원생들로부터 뒤에 선 자기의 동상과 함께 감사의 묵념을 받았던 것이다.

"이 자리가 바로 그 동상이 있던 자립니다. 전쟁으로 물자가 한창 귀해진 일제 말기에 가서야 구리 공출의 대상이 되어 섬에서 모습을 감추게 된 거지요. 말하자면 그 원생들을 향해 훈화를 하던 위엄 어린 연단이 그 자리였습니다."

"그런 좋은 돌이 섬 안에 있었던 모양이에요."

"천만에요. 아니지요."

"그럼."

"수호 원장은 수소문 끝에 완도 어디쯤에서 찾아내 선창까지 배로 실어와 선창에서부터 그곳까지 원생들로 하여금 힘을 모아 운반을 시켰지요. 그 모든 노동을 할 때까지만 해도 이 손은 그나마 쓸 만했습죠. 오히려 다행입니다. 엄동설한에 순찰도로를 닦을 때는 손이 떨어져 나가도 아프다는 사람 하나 없었으니까요. '여기 누구 손이 떨어졌네. 누구 것인가?'…… 이런 말이 들리면 각자 천을 풀어 제 손을 확인하기도 했어요. 우습지요? 신발을 흘린 것처럼 그렇게 확인을 하다니 말이지요."

10

"섬에서의 원장은 무소불위의 권력을 행사할 수 있어요. 중앙리에 있는 섬 유치장은 이를 잘 뒷받침 해주죠. 원생들에게 30일 이내의 구류형을 가할 수 있는 처벌권이 있으니까요. 하지만 원생들은 30일의 유치장행이 두려웠던 것이 아닙니다."

우천교는 거기까지 말을 하곤 잠시 숨을 골랐다.

한 숨, 두 숨, 세 숨.

"원생들은 형을 마치고 나온 후, 본인의 동의 없이 무조건 가해지는 단종수술(斷種手術) 규칙에 원망과 두려움을 잔뜩 갖습니다. 더구나 원장이 아닌 간호부장이나 일본 순시들까지도 마구잡이로 원생들을 유치장으로 끌어넣는 바람에 억울한 단종수술을 당한 원생들이 한둘이 아닙니다."

강 목사는 섬 안 곳곳을 둘러본 후 가슴이 먹먹했다.

사람 사는 곳에서 일어날 수 있는 일들치고는 상상했던 것보다 훨씬 잔혹했다. 원망과 한이 맺혀 있지 않은 곳이 없을 정도였다. 섬 전체가 커다랗게 뭉텅이진 한 덩어리 그 자체였다.

강 목사는 또 다시 신음하듯 "오, 주여~"를 연거푸 읊조릴 수밖에 없었다.

||

　강 목사가 소록도로 부임한 이후, 첫 예배를 집전한 것은 8월 마지막 주일예배 때였다.

　원생참사로 어수선한 가운데 원생들을 안정시키고 수습하느라 뒤늦게 나타나 인사를 하게 된 김정복 목사와 손양호 목사의 안내 속에 마을 주민들과도 대충의 인사를 나눈 터였다.

　"압제받았던 자들의 눈물을 보라.
그들에게는 위로자가 없었도다.
그들을 압제하는 자들 편에는 권세가 있었으나,
그들에게는 위로자가 없었도다."

　강 목사의 소록도에서의 첫 예배는 전도서 4장 1절을 읽는 것으로 시작되었다. 이어서 완치된 원생들이 교회 바닥에 주저앉아 찬송가를 따라 불렀다. 그러자 한쪽에 앉아 있던 진한이 자리에서 일어나 원생들 사이로 왔다 갔다 하기 시작했다. 자신과 어딘지 모르게 달라 보이는 사람들의 모습을 고개를 갸웃거리며 살피는 듯했다. 이를 본 옥자가 슬며시 진한에게 다가가 자리에 주저 앉혔으나, 그것도 잠시 뿐이었다. 옥자가 다른 곳으로 이동을 하자 진한은 다시 엉덩이를 쳐들었다. 옥자가 낡은 연필과 종이를 내밀자 그제야 진한은 바닥에 엎드려 뭔가를 그리기 시작했다. 예배가 끝날 즈음에야 고개를 드는 진한이었다.

찬송가를 부르던 원생 40대 초반의 정남은 어린 진한이 오랫동안 바닥에 엎드려 뭔가를 그리는 게 신기한 듯 진한이 그린 그림을 내려다봤다. 그러곤 이내 감탄한 듯 빙그레 웃음을 베어 물며 혼잣말을 했다.

'나이 치곤 제법인걸.'

예배를 마친 원생들이 강 목사와 인사를 나누고 밖으로 빠져나가자, 정남은 진한이 그린 그림을 뭉뚝한 손으로 주워들었다. 앞뒷면에 그림을 빼곡하게 그려 넣었는데 정말 잘 그린 그림이었다. 그러자 진한이 정남에게 자신의 것을 달라는 듯 손을 내밀었다. 이를 본 옥자가 서둘러 둘 앞으로 다가왔다. 그러곤 진한이 정남에게서 그림을 낚아채듯 빼앗아 가기 전, 공손하게 받아들었다.

"그림을 참 잘 그리네요."

정남이 옥자를 보며 말을 꺼냈다.

"네에~"

어색한지 옥자가 말꼬리를 길게 늘어뜨렸다.

"내가 이래봬도 중등부 미술 선생이었습니다. 완치 됐다 해도 돌아갈 수는 없지만, 여전히 안목은 있지요. 그림에 재주가 특별하네요, 아이가.”

정남이 어색해하는 옥자와 진한을 번갈아 보며 말을 보냈다.

12

교회 입구와 마당 사이에 서 있던 진한은 마당에서 뛰놀고 있는 아이들을 새삼스러운 눈길로 바라보았다. 예배를 마치고 무리를 지어 놀고 있는 아이들과 놀고 싶어서였다. 이를 눈치 챘는지 그중 하나가 진한에게 다가왔다. 또래의 상진이었다.

“나도 엄마 아빠 있다.”

상진이 못을 치듯 말을 했다.

“응.”

진한은 짧게 대꾸했다. 그런 진한의 말이 못마땅했는지 상진은 진한의 위아래를 훑으며 말을 이었다.

“나도 엄마 아빠 있다구.”

“안다구.”

“어떻게 알아?”

상진은 자기에게도 엄마 아빠가 있다는 사실을 “안다”는 진한의 말이 믿을 수 없었던지 따지듯 물었다.

“엄마 아빠가 있으니까 니가 있지.”

“……..”

진한의 대꾸에 상진은 말이 막히고 말았다.

마침 교회를 나오며 호루라기를 부는 김춘식 선생이 아니었다면 상진은 본전도 찾지 못한 어색한 상황을 견뎌야 했을 터였다.

상진은 마당의 아이들 틈으로 달려가, 선생님의 지도하에 열을 맞추어 교회마당을 빠져나갔다.

"얘!"

상진이 돌아보았다.

"근데 네 부모님은 어디 계시니?"

상진은 코를 씰룩거리며 고개를 휙 돌렸다.

"나도 엄마 아빠 있다구!"

진한은 상진과 함께 뒷모습을 보이고 사라지는 아이들 무리를 한동안 바라보았다. 아이들이 어디로 가는지 진한은 통 이해가 되지 않았다.

13

소록도에서는 섬을 직원 지대와 병사 지대로 나누고 약 2킬로미터 정도의 철조망을 쳐 이를 경계선이라 불렀다. 그곳은 원생도 건강인도 드나들지 않는 망각의 완충 지대였다.

병사 지대의 원생에게서 자녀가 태어날 경우에는 전염을

우려하여 직원 지대에 있는 '미감아보육소'에 격리시킨 후, 한 달에 한 번 부모와 자녀들이 그 경계선 도로 양편에 각각 서서 면회를 허용했다.

이때 미감아동과 부모는 도로 양옆으로 갈라서서 직원들의 통제 하에 일정한 거리를 두고 만나야 했다. 서로를 만지거나 안아 볼 수가 없었다. 전염을 우려해 자녀들은 바람을 등지고 부모는 바람을 안고 면회를 하도록 했다. 그러니 아이는 부모를 만져볼 수도 없었고, 부모도 아이를 안아볼 수가 없었다.

이런 면회 장소를 원생들은 탄식의 장소라는 의미로 '수탄장(愁嘆場)'이라 불렀다.

천벌이라면 가혹하오, 인위라면 가증스럽소
누가 만든 죄이길래 사할 길 벗어
눈물이 자욱자욱 맺어진 선을 두고
몇천 번 울고 울어도 지울 수 없어
조상도 없는 이방인이 되어

(환자자치회 발간 『성하(星河)』 가을호. 1959)

직원 두 명이 깃발을 들어 올려 유심히 풍향을 살폈다.

전염을 우려해 자녀들은 바람을 등지고 부모는 바람을 안고 면회를 해야 하기 때문이다.

"이쪽, 이쪽."

아이들을 세운 줄이 대열 담당 직원의 깃발이 가리키는 곳으로 아이들을 안내했다,

"간격 맞추고~! 옆으로 나란히~!"

직원 선생의 구호 소리에 아이들이 간격을 맞췄다. 상진도 힘껏 팔을 벌려 좌우를 맞췄다. 상진은 직원 지대의 미감아 보육소에서 생활을 하는 아이였다. 당연히 부모는 병사 지대에 있고.

진한이 그들의 면회 장면을 목격하게 된 것은 여덟 살 무렵, 그러니까 상진과 가까워지면서였다.

제법 쌀쌀한 어느 가을 날, 병사 지대에선 벌써 아이들의 부모들이 완충 지대로 들어와 있었다. 완충 지대와 건강인 지대를 가르는 철조망 뒤쪽에 일정한 간격으로 서서 각기 자기 아이들을 기다리고 있었다.

"우리 애 보여요?"

"아이구, 내 아들 얼굴도 까먹게 생겼는데 보이겠소?"

"거, 키 좀 크니 봐주시구려."

면회 행사가 시작되자 철조망을 기준으로 병사 지대의 부모들이 먼저 2미터의 거리를 물러섰다. 열이 정리 되자 깃발을 들어 올려 신호를 보냈다.

"자, 각자 부모님 앞으로!"

아이들이 제각기 자기 부모를 찾아 철조망 앞으로 다가섰다. 아이들 역시 철조망을 기준해서 2미터 거리를 표시한 직

선 위에 발을 멈춰야 했다.

"넘어가면 안 되지. 표시선, 표시선 잘 보고."

면회를 준비하는 직원들 뒤로 병원 직원이 감시를 하고 있다.

"거, 분위기 못 이기고 튀어나오는 애들 있나 보고. 애들 부모야 기겁을 하고 물러서겠지만 알 수 없는 거야. 잘 보라고, 잘. 전에도 애가 지엄마 부둥켜안고 난리 났으니까."

"면회 시작!"

물론 이때도 곳곳에는 병원의 직원이 감시를 하고 있다.

면회 시간은 십 분을 넘지 않았다.

하지만 그 십 여분은 어느 때 어느 곳에서보다 많은 이야기와 사연을 주고받는 시간이었다.

병사 지대의 어른들은 철조망 너머로 먼저 자기 아이의 근황을 물었다. 눈도 못 뜬 강아지가 제 어미젖을 찾아가듯 아이들은 제 엄마 목소리를, 부모는 제 자식의 낑소리도 알아들었다.

학교 성적을 비롯한 건강에 관한 것들, 먼젓번 면회일 이후의 일들을 묻고 또 물었다. 그러면 아이들도 조잘조잘 끊임없는 이야기를 풀어 던졌던 것이다.

"상진아, 잘 먹니? 아픈데 없어? 글은 잘 읽니?"

"엄마아~! 아부지~! 잘 먹고 아픈데 없고 글도 잘 읽어요!"

상진이는 대답을 하며 훌쩍거렸다. 팔꿈치로 눈물을 훔쳐냈다.

"울지 마! 엄마 보는 거 십 분도 안 되는데 울다가 갈 거야?"

그러면서 엄마도 울었다.

"그 사이 재밌는 일 없었어?"

"교회에서 삼손이야기 들었어요!"

"우와아아아앙~!"

순덕이가 제 엄마를 찾지 못해 기웃거리다가 울음을 터뜨렸다.

"아이고 내 정신 좀 봐. 순덕아, 순덕아, 네 엄마 잘 있다! 배탈이 났는데 그게 하필이면 오늘이라 못 온 거야!"

이런저런 이야기보따리가 풀리고 다시 싸맬 즈음에는 사정이 생겨 면회를 나오지 못한 아이들 부모의 안부를 대신 전했다.

"3분 후 종료!"

종료라는 소리에 애들은 벌써부터 울먹거렸다.

"다음 있을 면회 날까지 잘 있어야 해!"

다음에 있을 면회 날까지의 당부들이 절절했다.

"상진아!"

상진의 어머니는 그에게 입모양만 벙긋하며 무슨 말을 했다. 상진은 입을 벌린 채 어머니의 입을 자세히 봤다. 어디어디에 무엇을 숨겨놨다는 얘기였다. 상진은 그나마 어머니의 입이 잘 붙어있어 다행이라는 생각을 했다.

부모들은 곳곳에서 날카롭게 촉각을 곤두세우고 눈을 부라리고 있는 감시 직원들의 눈을 피해 옷 속에 숨겨가지고 왔던 음식이나 용돈 등을 몰래 몰래 건네기도 했다.

부모와 자식의 물리적 생이별이 숨겨가지고 온 음식이나 용돈 몇 푼에 감싸질 것은 아니지만, 소록도 그곳에서 만큼은 아픔을 어느 정도 견디게 하는 특효약이 되기도 했다. 세상 어느 곳에서 그런 것이 특효 처방이 될지 모르겠으나, 소록도에서만큼은 말 그대로 어느 정도, 딱 그만큼은 효과 아닌 효과가 있었다.

"이상하지. 철조망까지 둘러쳐놓고 뭐 하는 거래? 그리고 뭐가 무서워서 저렇게 멀찌감치 거리를 떼어놓는 거지?"

진한은 자신이 목격한 그 사실이 도무지 믿겨지지 않았다.

철조망을 둘러쳐놓고 거리를 떼어놓는 것은 불의의 감정 폭발이 생길 것에 대한 대비책이라는 직원의 설명이 있었어도 진한으로선 이해가 되지 않는 대목이었다.

진한은 상진이 팔꿈치로 눈물을 훔치는 걸 보며 뒤따라갔다. 상진은 땅을 파고 있었다. 그리고 천을 꺼내보았는데 돈이 들어 있었다.

"아이들이 엄마 아빠 품으로 달려드는 것이 어째서 잘못인 거야?"

"아이고 깜짝야!"

상진이 주저앉았다.

"뭐니?"

"우리 엄마가 준 거야."

"아, 그렇구나."

"비밀이야. 알았지?"

"응."

면회 날 이후, 진한은 상진이 몹시 가엾다는 생각을 했다. 가끔씩 불현듯 상진이 내 뱉는 말이 어느 정도 수긍이 갔다.

"나도 너처럼 엄마랑 아빠랑 살고 싶다."

14

"소문이 아니라 그게 사실이에요?"

학교에서 돌아온 진한이 관사로 들어서는 순간, 열린 문틈으로 경증 한센인 중년의 여인 서넛과 이야기를 나누고 있는 어머니의 목소리가 흘러나왔다.

"얼마 전에 임신 팔 개월 된 상태에서 강제 출산 시켰다니까요."

"의사가 핏덩이 아기를 꺼내들고 차가운 그, 그, 뭐라고 하지? 쟁반 있잖아요. 네모난 스댕으로 된 거."

"쇠쟁반."

"아니, 아니, 그 왜 있잖아요. 칼하고 가위 올려놓고 그러는 거. 아무튼 그 위에 갓난이를 올려놓더래요. 그걸 산모가

봤나 봐요. 그 스댕 위에서 아기가 숨이 붙어 꿈틀거리는데 어떻게 산모가 제정신이었겠어요. 하의가 피투성이가 된 채로 아기를 끌어안고 짐승처럼 울부짖지 않았겠어요.”

중년의 여인 둘이 차례로 한마디씩 말을 던졌다.

‘갓난아기가 차가운 쟁반에 올려졌다.’

거기까지 이야기를 들은 진한은 더는 듣고 싶지 않아 들고 있던 책가방을 마룻바닥에 두고 밖으로 나갈 참이었다. 막 돌아서려는 순간, 진한의 발길을 붙잡는 여인의 말이 이어졌다.

“애 엄마니까 쟁반 위에 아이를 끌어안고 울고불고 하지 않겠어요?”

“당연하지! 그렇지! 아이고 세상에.”

“그런데 그 애 엄마를 걷어차고 두들겨 팼다잖아요. 그게 인간으로서 할 짓이냐고요. 어떻게 방금 애를 낳은 여자를 구타할 수 있냐고요.”

“그 사람들이 여자라고 봤겠어요? 사람취급이라도 했겠느냔 말이에요.”

어린 진한은 해머로 머리를 맞는 느낌이었다.

“산모가 아기를 안고 반항하자 병원 직원들이 아기를 끌어안은 산모를 밖으로 끌어냈어요. 애랑 떨어뜨리려고 해도 어디서 그런 힘이 생겼는지 악착같이 애를 안고 아기와 함께 도망치려고 하니까, 마구 구타를 한 거죠. 그 바람에 아기가 바닥에 떨어졌죠.”

“저런 쯧쯧쯧쯧…….”

진한은 혀를 차는 목소리가 분명 어머니일 거라 생각했다. 어머니의 오랜 습관이었다.

"더 목불인견은 산모를 야산으로 끌고 가 제 손으로 아기를 버리라고 한 직원들이죠. 물론 야산에 도착했을 때는 이미 아기의 숨이 끊긴 후였지만……."

"저런 쯧쯧쯧쯧…… 왜 그랬을까요. 출산을 해도 병에 걸린 아이들은 하나도 없었다고 들었는데."

"방지 차원이라고 해도 아무튼 여긴 끔찍해요."

진한은 그날 이후, "여긴 끔찍해요"라고 했던 여인의 말이 자신을 따라 다니며 괴롭힐 줄 짐작조차 하지 못했다. 이후로 이명처럼 따라 다니며 불쑥 불쑥 귓가를 강타했던 것이다.

15

광복 이후, 소록도의 병원장이 일본인에서 한국인으로 바뀐 게 벌써 세 번째였다. 그러나 한센인들에게 있어 달라진 것은 아무것도 없었다. 병원장이 일본인에서 한국인으로 바뀌었다는 것 외엔. 체감하는 현실이 그러했다.

병원과 병원 직원들에 대한 한센인들의 불신은 이루 말할 수 없었다.

불신의 시작은 4대 원장이었던 수호마사히데(周防正秀) 원장에서부터였다. 물론 그 전의 2대 원장이었던 하나이(花井善吉)에 대한 기억은 나쁜 것은 아니었다. 8년 동안 재직하면서 원생들을 위해 선정을 베풀다가 그곳에서 병으로 순직을 했다.

그는 모든 일상생활에서 일본식을 강요하던 초대 원장과 달리 원생들의 요구에 귀를 기울였고 상당히 완화를 했다. 신앙의 자유를 허용하는 등 일본인이면서도 꽤나 헌신적이었다.

원생들은 그의 공덕을 기리기 위해 병원 본관 옆에 그의 창덕비를 세우고 비의 뒷면에 재임 중의 업적을 새겨 넣기도 했다. 하지만 하나이 원장 이후는 예의 그 강압적인 시절로 회귀해버렸다. 원생들의 마음은 다시 꽁꽁 닫혀버렸다.

16

부임하는 다른 원장이 그러했듯 수호 원장 또한 애초 부임할 때의 생각은 정말로 병자들의 낙원을 만들어보겠다는 열망이 가득해 보였었다. 처음은 그랬다.

당시 1천 명에 근접했던 소록도 원생들에게 있어 그런 그의 부임은 상당한 활기와 흥분을 불러일으키기에 충분했다. 그의 부임 날을 지금껏 기억하고 있는 원생들이 많다. 우천교 역시 그날을 기억하고 있었다.

그해 가을 어느 날 아침, 원생들은 관례에 따라 새 원장의 부임 연설을 듣기 위해 공회당 앞뜰로 모여 들었다. 시간이 되자 직원 지대로부터 차를 타고 온, 새로 부임한 원장은 원생들이 도열해 있는 앞으로 그 모습을 드러냈다.

들썩거리고 웅성대던 원생들의 말소리가 약속이라도 한 듯 일시에 뚝 그쳤다.

단상 위로 올라선 원장의 첫인상은 모두를 긴장시켜버렸다.

키가 무척이나 컸을 뿐만 아니라, 원생들로선 처음 보는 살덩어리의 소유자였다. 더구나 그런 몸집의 원장이 매서운 눈초리로 한동안 원생들을 물끄러미 내려다보고 있는 모습이라니. 원생들은 압도당하지 않을 재간이 없었다.

"반갑습니다, 여러분!"

그가 마침내 입을 열기 시작했다.

목소리조차도 살집만큼이나 우렁찼다. 그런 눈매와 그런 목소리를 지닌 사람들의 공통점은, 지나친 자신감과 함께 강한 명예욕과 야심이 차고 넘친다는 사실. 아닌 게 아니라, 이후로 그가 내뱉는 한마디 한마디는 말 그대로 명예욕과 야심이 차고 넘쳤다.

물론 그가 부임하기 전, 원생들은 딱히 새로운 원장에 대한 관심이 있었던 것은 아니지만, 누군가의 입을 통해 원장의 신상이 알려지면서 저절로 주워들은 정보들이 없지 않아 있었다. 무엇을 기대한 것은 아니어도 어느 정도는 관심이 간 인물이긴 했다.

그의 일본에서의 이력 때문이었다.

누구의 입에서 흘러나온 발 없는 소문인지는 모르지만, 그가 일본의 명문 대학에서 의학 공부를 마친 후, 총독부 위생관을 시작으로 출세를 거듭하며 승승장구 하고 있는 인물이라고 했다. 그러니 그런 인물이 출세의 길을 버리고 이 외진 섬, 한센인을 위해 자원해 왔다는 것은 원생들로선 나름의 의미를 부여해도 좋을 일이었던 것이다.

더구나 부임해 오기 전에 이미 수용이 불가능한 상태로 있던 섬의 토지를 깡그리 사들였다는 말까지 바람에 실려 떠돌았던 것이다.

수호 원장의 연설이 이어졌다.

"이곳을 원생들의 낙원, 젖과 꿀이 흐르는 가나안으로 만들겠습니다. 새로운 병원 시설과 환자촌의 수용시설 확충은 말할 것도 없거니와 요양 환경 개선 사업에 박차를 가하겠습니다. 이곳을 동양 제일, 아니 세계 제일의 한센인 요양소로 만들겠습니다. 버림받고 쫓겨 온 사람들의 새로운 고향, 여러분의 가나안으로 만들겠습니다."

거기까지 연설을 듣던 원생들이 곳곳에서 웅성거리기 시작했다.

지금껏 사람들로부터 받았던 멸시와 박해.

그 서러운 멸시와 박해의 기억이 저마다 떠올랐던 것이다.

그러니 실현이 되고 안 되고를 떠나, 그처럼 능력 있는 원장의 공약들이 공염불이 될지언정, 듣기에 나쁘지 않았던 것

이다. 야심 찬 원장의 말을 다만 귓등으로만 흘려보낼 수 없
는 이유였다.

감동까지는 아니더라도 수호 원장의 연설은 그곳에 모여
있던 원생들의 마음을 움찔하게는 했다. 그의 연설이 끝났을
때 원생들의 일부가 웅성거리기도 했으니 말이다.

수호 원장의 부임은 그처럼 고무적인 것이었다.

더구나 그의 태도는 신중하기까지 했다. 부임 연설 이후,
마치 모든 것을 준비하고 있었던 것처럼 자신이 만들고자 하
는 섬 건설을 위해 차곡차곡 다져나가기 시작했다. 그냥 형
식적으로 내뱉은 허언이 아니었던 것이다.

17

그의 첫 움직임은 원생들 가운데서 열두 명의 대표를 뽑는
것으로 시작되었다.

환자 평의회란 이름의 자문기구를 만들었다.

그 자문기구로 하여금 원장과 원생들을 연결지어주는 가교
역할을 담당하도록 했다. 말하자면 원생들로 하여금 스스로가
공사 협력을 다짐하고 나서도록 만들었던 것이다.

비로소 새로운 섬 건설에 대한 본격적인 작업이 시작됐다.

그러자면 가정 먼저 필요한 것이 기초공사를 위한 벽돌이

었다. 공장을 세워 벽돌을 찍어내야 한다고 생각했다. 그는 바로 평의회 대표들을 내세워 벽돌 공장을 세울 부지를 정하고 곧바로 기공식을 올렸다.

그가 부임한 이후 두 달이 조금 안 된 어느 늦가을의 아침, 마침내 벽돌 공장이 만들어졌다. 수호 원장은 곧바로 일본인 벽돌 기술자를 채용해 원생들로 하여금 벽돌 굽는 기술을 익히게 했다.

기술이 숙달되자 원생들은 이제 그 일본인 기술자를 내보내고 자신들이 직접 벽돌을 구워내기 시작했다. 그렇게 구워낸 벽돌들은 오래지 않아 곧 새로운 병사(病舍) 건설의 주요 자재로 쓰이기 시작했다.

원생들은 누구라 할 것 없이 열심히 일을 했다.

세 곳의 병사 지대 부락에서 작업이 가능한 사람은 매일같이 벽돌 공장으로 혹은 병사 신축장으로 고된 출역을 계속했다. 그러면서도 원생들 누구 한 사람 피곤해할 줄 몰랐다. 품삯이라는 걸 받아보는 것도 뿌듯했지만, 자기 손으로 직접 섬 건설을 위해 벽돌을 구워내는 일도 그렇거니와 무엇보다 자기가 살 집을 직접 만든다는 것에 대해 무척이나 자랑스러워했다. 자기의 힘으로 자기가 살 섬을 만든다는 자부심이 원생들로 하여금 보람을 느끼게 했던 것이다. 작업 진행은 순조로웠다.

적어도 그때까지는 그랬다.

18

　원생들의 자발적인 참여를 불러일으킨 가장 큰 원동력은 수호 원장이 원생들에게 각인시킨 동기부여가 주효했다. 그러니 이듬해부터 3년 동안 계속 진행된 섬 시설 공사를 성공적으로 마칠 수 있었던 것이다.

　그 3년이 지나고 나자 세 곳이었던 병사 지대는 두 곳의 부락, 중앙리와 동생리가 더해져 모두 다섯 곳의 부락이 되었다. 그러니까 3천 8백여 명이 넘는 원생을 수용할 수 있는 거대한 시설로 확장이 된 것이다.

　그 뿐이 아니었다. 불구 환자들을 위한 공동 취사장은 물론 세탁소를 비롯한 정미소와 공회당 등의 공공시설도 새로 만들어 요양 생활의 편리를 제공했다.

　원생들은 자신들의 손으로 건설한 모든 것이 만족스러웠다.

　더욱이 공사 기간 중에 배급 물량이 부족해 곤란을 겪지 않았다는 것만 해도 원생들로선 다행이었던 것이다. 그렇다고 작업 때문에 치료 받는 것을 게을리 하지도 않았다.

　원생들 중에는 수호 원장의 공을 칭송하는 이도 있었다.

　수호 원장 역시 매우 만족해했다.

　적어도 원장으로서 오롯이 원생들을 위해 일하는 것이 즐

거운 듯 보였다.

문제는 바로, 함정은 바로 거기에 있었다.

첫 번째 공사를 무사히 마친 수호 원장의 본색이 서서히 드러나기 시작했다.

첫 번째 공사 경험을 통해 자신감을 얻은 그는 다른 욕심을 부리기 시작했다. 부임 연설 때 했던, 새로운 섬 건설에 대한 청사진은 첫 번째 공사로 끝낼 일이 아니었다. 이어서 두 번째 시설 확장 공사와 세 번째 공사를 서두르기 시작했던 것이다.

그때부터였을 것이다.

그의 종말을 비극으로 치닫게 될 운명의 씨앗을 뿌리기 시작한 것이.

19

병원과 병사를 짓던 원생들은 제 손으로 자신들과는 무관한 시설들인 등대, 종루, 만령당이라는 납골탑 등을 만들어야 했다.

이런 시설 공사가 차곡차곡 진행되어 가는 동안 섬 안에서는 작업의 성격이 그야말로 일백팔십 도 바뀌어버렸다. 말하자면 변질이 되었다. 공사에 드는 비용이 원생들의 봉사로 충당되는 부분이 차츰 차츰 늘어나기 시작했던 것이다.

거기에 병원 시설을 마련해준 이들에 대한, 정확히 말하면 수호 원장에 대한 '보은 감사일(報恩感謝日)'이란 날이 정해지기까지 했다.

매달 20일, 감사 묵념회를 시행하면서 이날 출역한 원생들의 작업 노임 모두가 예의 시설 건립 기금으로 내놓도록 강제하였던 것이다. 원생들 대부분은 병원 당국의 취지를 수용해 노임을 걷어 바쳤다. 물론 더러는 못마땅한 심기를 드러내는 이들도 있었다. 하지만 원생들을 대표하는 평의회의 결의라는 절차를 통해 정해진 일이었기에 원생들은 모두가 일을 했고, 노임 또한 모두가 거둬 바쳐야만 했다.

능률이 오르지 않는 건 너무나 당연했다.

20

당연히 작업 분위기가 처음과는 확연히 달랐다.

그럼에도 불구하고 수호 원장의 계획은 변하지 않았다. 오히려 좀 더 크고 좀 더 화려해졌다. 좀 더 크고 좀 더 화려해진 계획이 확고해지면서 수호 원장은 원생들에게 잊힐 수 없는 인물이 될 수밖에 없었다.

첫 번째 공사 때와 같은 원생들의 자발적인 열의를 기대할 수 없음에도 확장 공사를 서둘렀다. 아닌 게 아니라 원생들은 마지못해 노역에 나섰다. 이어지는 노역에 지쳐만 갔고 불만이 쏟아졌다.

수호 원장은 깊은 생각에 생각을 거듭했다.

원생들이 더는 자기의 기대에 부응하지 않으리란 것을 깨달은 터였다. 지금까지의 방법과는 다른, 다소 무리가 따르더라도 작업의 능률을 올리기 위한 나름의 극약처방을 내려야 한다는 결론을 내렸다.

곧 극약처방을 만들었다.

첫 번째 공사부터 공헌을 해온 평의회 위원들의 처우를 개선해주고, 그 평의회의 기능을 더 강화시켰다.

원생의 대표들인 평의회의 협의를 거쳐 부락의 모든 일을 운영하도록 일본인 간호주임을 그 책임자로 두었던 것이다. 각 부락에 배치된 간호주임은 대부분이 주로 전직 형사나 경찰관서 또는 헌병 경력을 가진 일본인들이었다. 그러고도 마음을 놓을 수 없었는지 직원 지대와 병사 지대의 경계에 순시소 본부를 설치했다. 순시부장 한 명과 순시 열다섯 명을 두고 수시로 병사 지대를 돌며 감독을 하고, 감금실과 면회 업무도 관리했다.

강제 노역소나 마찬가지였다.

원생들은 감시의 눈 속에서 마지못해 일을 했다.

수호 원장은 급기야 노임 마저 제대로 지불하지 않았다. 그 때문에 배고픔에 시달리게 된 원생들은 목숨을 걸고 섬에

서의 탈출을 감행하기도 했다. 이어지는 소록도 확장 공사에
원생들은 지쳐만 갔고 불만이 부풀대로 부풀었다.

21

원생들의 불만이 부풀대로 부풀어짐과 함께 간호주임의 통
제는 더더욱 극성스러워졌다.

각 부락 간호주임들의 기세가 갈수록 모질고 포악해진 것
이다.

원생들의 대표 기관인 평의회 사람들도 간호주임의 모질고
포악함 앞에 원생들의 권익을 내세울 엄두조차 내지 못했다.
평의회 사람들은 복사한 듯 모두가 입을 다물었다. 자신들의
일신을 위한 몸 사리기에 급급했던 것이다.

그러는 사이 조금이라도 몸을 움직일 수 있는 원생들은 일
본인 간호주임의 명령 아래 벽돌을 만들었고, 돌과 목재를
옮겨야 했다. 그리고 이들을 관리하며 절대 권력을 부리는,
수호 원장의 양자이자 심복이었던 감독관 사토는 악명을 유
감없이 발휘했다.

그에게 일단 잘못 보이면 구타당하는 것은 말할 것도 없
고, 치료약조차 제대로 보급 받지 못했다. 그러니 사토의 인
기척이라도 들리면 쉬다가도 벌떡 벌떡 일어났다,

22

남생리에 살고 있던 젊은 원생 이동(李東)은 사토로부터 '벽돌 재료인 원토를 채취하는 작업장에 서 있는 소나무 두 그루를 옮겨 심으라'는 작업 지시를 받게 되었다. 그런데 갑자기 그가 살고 있는 병사에 위급한 환자가 발생했다는 이야기를 전해 듣게 되었다.

섬 안 사람들은 제때 치료를 받지 못하면 생명까지 위험해질 수 있어서 그는 일단 환자를 업고 치료 본관까지 다녀왔다. 그 바람에 사토가 지시한 일을 까맣게 잊어버리고 말았다.

다음날 사토의 호출을 받은 후에야 원생 이동은 전날의 작업 지시 내용을 떠올렸다. 사토는 작업장으로 들어서는, 잔뜩 겁을 집어먹은 이동을 보자마자 구둣발로 걷어차며 온갖 욕설을 퍼붓기 시작했다.

"소나무만도 못한 놈!"

악다구니를 써대던 사토는 그래도 분이 덜 풀렸는지 그를 감금실에 가둬버렸다. 소나무 두 그루를 옮겨 심지 않았다는 이유였다. 그리고 3개월 후 감금실을 내보내준다는 명분으로 이동은 단종대 위에 누워야 했다. 강제로 정관수술의 고통을 감수해야 했다.

수호 원장이 부임하며 했던 말 중, 한센병은 유전이 아니라고 말했던 것과는 상관없이 현실은 한센병이 유전으로 취급되어졌다. 그러니 섬에선 부부가 되기 위해선 우선적으로 단종수술을 받아야 했다. 말이 유전 방지 차원이었지, 현실은 그보다 훨씬 가혹했다. 단종수술은 감금실을 나오기 위한 강제 시술 행위로 바뀌었다.

감금실은 공포 그 자체였다.

H형 구조로 만들어진 건물은 섬 안 사람들의 인권이 무참히 짓밟히던 곳이었다. 원생들 자신의 손으로 만들고 구운 붉은 벽돌로 높이 둘려진 담을 따라 들어가면 작은 방들이 줄지어 있다.

방 안에서 보이는 바깥세상은 문 앞을 막고 있는 통로 벽과 쇠창살이 전부였다. 방의 한쪽 마룻바닥을 들면 변기가 있다. 바람조차 통하지 않는 그곳에서 원생들은 적법한 절차도, 변론의 기회조차 없이 갇혔다.

어디 그뿐이었는가.

간혹 노동 중 사망하게 되어도 땅에 묻어주지도 않았다.

사인을 밝힌다는 명분을 내세워 해부를 당한 뒤에야 비로소 화장되어 장례식을 치를 수 있었다.

그래서 '소록도에서는 세 번 죽는다'는 말이 나오게 되었다. 병으로 죽고, 해부 당해서 죽고, 화장 되어 죽는다는.

단종대

그 옛날 나의 사춘기에 꿈꾸던
사랑의 꿈은 깨어지고
여기 나의 25세 젊음을
파멸해 가는 수술대 위에서
내 청춘을 통곡하며 누워 있노라.
장래 손자를 보겠다던 어머니의 모습
내 수술대 위에서 가물거린다.
정관을 차단하는 차가운 '메스'가
내 국부에 닿을 때

모래알처럼 번성하라던
신의 섭리를 역행하는 메스를 보고
지하의 히포크라테스는
오늘도 통곡한다.

- 이 동 -

23

감독관 사토는 주민 대표 몇 병을 부추겨 원장의 노고를 치하한다며 동상 건립을 추진했다. 그들은 성금이라는 명분을 내세워 강제로 건립 기금을 거두어 이듬해 여름, 제단식을 거행했다. 동상의 높이는 무려 9.6미터에 이르렀다.

이후 직원들은 보은 감사일 때마다 부락 별로 인원까지 파악해가며 참배를 종용했다. 이 일은 섬 안에서 생긴 첫 번째 살인사건을 일으키는 시발점이 되었다.

수호 원장의 동상 건립에 공로가 크다 하여 표창까지 받은 원생이었던 박준수가 같은 원생 이길용에게 살해되는 사건이 발생했다.

평소 박준수에 대한 원한은 비단 이길용 뿐만 아니었다.

원생 대부분의 원한을 샀다. 처음, 박준수가 마을 대표가 되었을 때는 원생들의 진정한 대변인으로 원생들을 위해 열심히 일을 했다. 차츰 원생과 간호주임에게 신임을 받게 된 그는 어느 순간부터 돌변하여 다른 사람이 되어 갔다. 감독관이었던 사토와 간호주임의 신임을 등에 업고 점점 기고만장해졌다.

각 부락을 돌며 "황국에 충성하라고 외치고, 걸핏하면 불온 사상자"로 원생들을 협박하며 공포에 떨게 했다. 그에 대한 원망은 입에서 입으로 번져 원생 모두의 공공의 적이 되었다. 벼르는 원생 또한 한둘이 아니었다. 더는 참고 견딜 수가 없었다. 원생들은 기회를 기다렸다.

어느 날 원생 이길용은 박준수에 대한 뜻밖의 소식을 듣게 되었다. 그가 몸이 아파 신사참배에 참석하지 않고 집에 누워있다는 것이었다. 이길용은 이때다 싶었다.

조용히 그의 집을 찾아들었다. 손가락이 없던 그의 손목에는 칼이 동여매 있었다. 그리고 잠을 자고 있던 박준수의 가슴에 비수를 깊게 꽂아버렸다.

하지만 수호 원장에게 그런 건 별 문제가 되지 않는 듯했다.

이미 자신이 생각한, 새로운 섬의 건설 사업은 더 큰 것이었고, 수단과 방법을 가리지 않고 진행하도록 했다. 작업 능률 역시 더 높여야 했다.

그는 원생들에 대한 감독관과 직원들의 행패를 모른 척 눈 감고 입을 닫았다. 그에게 있어 원생들의 불평이나 생각들은 애당초 큰 문제가 아니었다.

24

　그의 실체가 드러나기 시작한 것은 병사 확장 공사에 이은 선창 건설과 섬의 외곽 도로 개설 작업 과정에서였다.

　두 번째 확장 공사를 마친 이듬해 여름, 수호 원장은 또다시 섬 남쪽 해변가에 선창 공사를 준비했다. 섬을 드나드는 데는 이미 직원 지대 쪽으로 선창이 하나 마련되어 있었다. 하지만 직원 지대를 통한 물자의 반입은 여러 가지 불편한 점이 많았다. 병사 지대까지의 거리도 멀었지만 무엇보다 직원 지대를 거쳐야 해서 직원들이 눈살을 찌푸렸다.

　병사 지대에 별도의 선창을 마련해야 할 이유였다.

　수심이 깊은 동생리 해변가에 자리를 정하고, 흙이 무너져 내리지 않도록 돌로 옹벽 쌓는 작업을 지시했다. 이번에는 원생들을 공사장으로 끌어내기 위해 구차스런 설득이나 회유조차 벌이지 않았다. 움직일 수 있는 원생들은 누구도 가리지 않고 무조건 작업장으로 몰아내는 총동원령을 내렸던 것이다.

　작업 방법 또한 거의 강제 노역을 방불케 했다.

　가혹했다. 작업 기구가 턱없이 부족했고, 부족한 기구 대신 원생들의 손과 발을 재촉했다. 바위 같은 큰 암석들이 원생들의 몸뚱어리 힘을 빌려 운반이 되었던 것이다.

작업은 수단과 방법을 가리지 않고 넉 달 넘게 진행됐다.

사토의 무서운 가죽 채찍 아래서 이루어졌다.

그는 그 넉 달 동안 하루도 빠짐없이 선창 공사장의 주위에서 그의 긴 가죽 채찍을 흔들어대며 원생들을 괴롭혔다. 단지 위협만 주는 게 아니었다. 말보다 행동이 빨랐다. 말이 떨어지기 무섭게 그의 가죽 채찍은 누군가의 등짝을 향해 날아들었다. 기력을 잃고 바닥에 쓰러져 있던 원생마저 벌떡 일으켜 세우는 위력을 발휘했다.

원생들은 사토의 그림자만 보아도 흠칫 놀랐다.

작업 중 부상을 입어도 고의로 작업을 하지 않으려는 꾀병쯤으로 몰아세웠다. 눈에서 벗어만 나도 여지없이 날아드는 채찍이었다.

하지만 어느 누구도 사토 앞에선 말 한마디 하질 못했다. 죽도록 매를 맞고 감금실 신세가 되기 때문이었다. 감금실을 나오면 또 단종수술이 이어졌고.

사토는 악랄의 극치를 보여준 인물이었다.

선창 공사는 사토의 채찍 밑에서 이루어졌다 해도 과언이 아니었다. 어디 선창 공사뿐이었겠는가. 선창 공사가 끝나고 나자 이번에는 추운 겨울 날씨에도 불구하고 사토의 그 무시무시한 채찍 밑에 또 하나의 엄청난 공사가 더해졌다.

<h1 style="text-align:center">25</h1>

선창 공사가 끝났을 때, 공사 중에도 가끔 그런 사고가 일어났지만 이때부터 원생들 가운데선 섬을 버리고 물을 건너가는 일이 발생했다. 말하자면 탈출 사건이었다. 빈번했다. 섬 안의 원생들을 위한 건설 공사라고 했던 수호 원장의 약속에 대한 이율배반이었다. 당연히 그의 약속은 빛을 잃어갔다.

병사 지대가 늘어가고, 새 선창이 생기고, 종각과 만령당이 새로 지어져도 원생들은 그런 것들이 자신의 삶과 무관하다고 여겼던 것이다.

시설이 하나씩 늘어갈 때마다 원망은 고무줄처럼 늘어갔다.

처참한 노역의 기억들이 늘어가고, 그 작업 결과를 유지해야 할 부담은 고스란히 원생들의 몫이었으니까.

섬은 점점 지옥으로 변해가고 있었다. 시설이 하나씩 늘어갈수록 그러했다. 원생들은 계속해서 섬을 도망쳐나갔다. 섬 외곽선 순시가 몇 배로 강화되었지만 소용이 없었다. 원생들의 탈출 사건은 끊이지 않았다. 날마다 그 수가 불어만 갔다.

26

탈출 장소는 구북리 십자봉 아래의 해변가였다.

십자봉은 하늘을 뒤덮은 노송과 잡목들이 꽉 들어차 있어 노루가 많은 곳이었다. 탈출자들은 대개 이 십자봉의 비탈 숲 속에 몸을 숨기고 있다가 지나가는 어선을 매수하여 섬을 빠져나갔다.

더러는 성공을 하고 더러는 해협의 거센 물살에 휩쓸려 죽는 이들도 있었다. 그럼에도 이 필사적인 탈출극은 날이 갈수록 더해만 갔다. 하루가 멀다 하고 꼬리를 물었다. 외곽선 도로의 순찰이 몇 배로 강화되어도 빈약한 나무토막 하나에 의지하여 바다를 건너가다 해협 물살에 휩쓸려 죽은 사람들이 수를 셀 수 없었다.

혹여 순찰선이나 육지 사람들에게 발각이 되면 연장에 맞아 죽기도 했다. 살아남은 사람은 도주를 방지하는 차원에서 발목을 끊는 등 공개처형을 당하기도 했다. 또한 이들의 도주를 원천적으로 방지하기 위해 엄동설한에 지게, 괭이, 삽만을 가지고 암석투성이인 십자봉 주변에 순찰로를 만들도록 강요했다. 그 숱한 인명의 희생에도 불구하고 공사는 어김없이 진행되었다.

그렇지 않아도 육지 쪽에서 야음을 틈타 들어와 거목들을 마구 도벌해가는 일이 맘에 걸렸던 수호 원장이었다.

십자봉 외곽 해안선을 따라 새 도로를 만들기로 작정했다.

새 도로를 만들어 순시를 강화함으로써 도벌도 막고, 탈출 사고도 막아보자는 속셈이었다. 더구나 그 외곽선 도로는 섬 전체를 균형 있게 개발하고자 하는 자신의 구상과도 딱 맞는 일이었다. 때가 하필 한겨울이라 공사를 서두를 수 없다는 것이 흠이면 흠이었다.

수호 원장은 기다리지 않았다. 그럴 여유조차 없었다. 일단 마음먹은 일은 뭐가 됐든 해내야만 직성이 풀렸다. 그는 곧바로 기공식을 올렸다. 또다시 강제 노역이 시작됐다.

사토의 가죽 채찍이 날갯짓을 시작했다.

십자봉 기슭은 여간 험준한 곳이 아니었다.

땅 밑이 암반 덩어리 그 자체였다. 변변한 토목 기구 하나 없이 지게와 곡괭이를 이용한 원생들의 몸뚱어리 힘을 빌려 작업을 진행했다. 작업 중에 떨어져나간 손가락 발가락들을 땅에 묻고 와서는 밤새 울음을 삼킨 원생들의 수효가 헤아릴 수 없었다.

그와는 상관없이 사토의 채찍은 작업을 시작한 지 불과 이십 일 만에 그 험한 암반 덩어리를 뚫어내고 4킬로미터의 새 도로를 연장시켜 놓았다.

소록도 한센인들은 대부분 결핵으로 죽었다.

한센병은 일반적으로 폐렴에 약하여 독감이 걸리면 치명적이었다. 엄동설한의 고된 노역에 집단생활이었기에 치료공간이었던 소록도는 어느덧 죽음의 공간이 되어 있었던 것이다.

수호 원장과 사토. 둘은 원생들에게 있어 잔인한 악마였다.

반드시 심판 받아야 할 악마.

27

"원장을 죽여 버려야 우리 원생들이 살 수 있다."

원생들 사이에서는 그러한 말을 입버릇처럼 하는 이들이 한둘이 아니었다.

그도 그럴 것이 원장을 포함한 직원들은 원생들이 모진 강제노역과 굶주림을 참지 못해 섬 밖으로 탈출하거나 심지어 목을 매 자살까지 해도, 원장의 동상 건립을 위해 몇 달치 노임에 해당되는 성금을 걷어갔다. 당연히 원장에 대한 원한은 콩나물시루의 콩나물처럼 자고나면 점점 자라날 수밖에.

보은 감사일. 거동이 불가능한 원생을 제외한 모든 원생들이 수호 원장 동상 앞에 모였다. 인사가 끝나갈 즈음, 직원 지대에서 승용차 한 대가 미끄러져 들어왔다. 수호 원장이었다.

처음 부임해올 때의 모습과 흡사했다.

그가 차에서 내려 부락 별로 모여 있는 원생들을 지나 중앙리 주민들 앞을 지나칠 때였다. 누군가 뛰어나와 그의 가슴에 칼을 꽂았다. 이춘상이었다.

순식간에 일어난 일이었다.

원장은 그 자리에서 숨이 끊어졌다. 이춘상 역시 그 자리에서 잡혀 경찰서로 이송되었다. 이후 그날 모였던 원생들은 직원들에 의해 모두 감금되어 집 밖으로 나오질 못했다. 집 안에 있는 모든 칼은 끝을 끊어버리라는 지시도 하달됐다.

"범행 동기가 무엇이오?"

판사가 이춘상에게 물었다.

"원장의 학정으로 고통 받는 원생들을 대신해 살신성인을 하고자 했소."

이춘상은 범행 동기를 묻는 판사에게 그간의 원장의 학정을 낱낱이 밝혔다. 그러나 증인석에 불려 나온 대부분의 원생들과 병원 직원들은 두려움으로 수호 원장에 대한 이춘상의 폭로에 "그렇다"고 증언하지 못했다. 아니, 할 수 없었다.

2 장

내버려진 잘를

28

한국인 원장이 부임했다고 해도 섬사람들의 반응이 시큰둥했던 것은 외적으로나 내적으로 그들에게 있어 달라진 게 없었기 때문이다. 다만 공식적으로 원생자치제를 허용 받아 선거에 의해 부락의 대표를 선출하게 된 것이 달라졌다면 달라졌을 뿐.

여전히 세상 돌아가는 모습은 불안했다.

좌익과 우익이 나뉘고 곳곳에서 무고한 사람들이 이념 대립에 죽어갔다. 그러다가 한국전쟁이 발발했다. 인민군이 서울을 점령하고 남쪽으로 내려온다는 소식이 전해졌다.

긴급회의가 열렸다. 원생자치회에서는 하루에 원생 50명씩을 육지로 피신시키자고 했으나, 그것은 물리적으로 불가능한 일이었다. 4개월 내지 1년의 시간이 필요한 피란길이었다. 더구나 건강인들의 눈을 피해 피란 가는 길은 얼마의 시간이 걸릴지 장담할 수가 없었다.

"우리는 남을래요. 가나 안 가나. 죽는 건 매한가지지요. 뭍에 도착하자마자 개죽음 당할 거요. 여기가 고향이 되어버렸는데 그냥 하늘의 뜻에 맡길랍니다."

강 목사 가족과 주민들 일부만이 피란길에 올랐을 뿐, 대부분의 주민들은 소록도에 남아 있었다. 물론 강 목사 가족도 소록도에 남기를 원했으나, 일흔이 다된 김정복 목사의 권유를 거절할 수 없었던 강 목사였다.

"나보다 젊은 강 목사는 살아서 더 해야 할 일이 있잖소."

그리고 그해 8월 초, 인민군이 소록도로 몰려왔다.

대표에 문창열을 앉힌 인민군은, 십자가를 철거하고 그 자리에 김일성 사진을 달면서 사람들을 숙청하기 시작했다. 가장 먼저 숙청자 명단에 오른 것은 김정복 목사와 손양원 목사.

인민군들은 김 목사와 손 목사를 뒷산으로 끌고가 총으로 쏴 죽였다. 두 사람은 한센인들에게 복음을 전하다 순교를 했던 것이다.

그들의 순교가 있은 후, 전쟁은 소강상태로 들어섰고 피란을 갔던 강 목사 가족과 원생들이 소록도로 돌아오기 시작했다.

29

진한이 열 살 되던 해, 떨떠름한 표정으로 얼굴을 감싸고 앉아 있던 열일곱 살(열다섯 살이라고 속임)의 소녀 봉이가 보따리를 들고 통통배에서 내렸다. 마중을 나왔던 병원 직원의 아내 오경옥은 봉이를 위아래로 훑어보며 물었다.

"몇 살이니?"

"열다섯 살인데예."

경옥은 봉이가 열다섯 살이란 것과 작은 체구에 실망스런 표정을 지었다.

"열일곱이라 하더니만."

"일은 야무지게 잘합니더."

"아무튼 오늘은 고단할 테니 이따 저녁이나 지을 준비하고. 일단 따라와."

경옥은 봉이를 데리고 원장집으로 향했다.

"저기가 원장님 사모님이 다니는 교회야. 너도 가야한다."

경옥은 병원장 집 가기 전, 진한이 살고 있는 교회를 지나치게 되자 봉이에게 알려주었다.

"저는 불곤데에."

"그럼 더 다녀야겠네."

"안 다니면 저 일, 못 합니꺼?"

"그렇겠지, 아무래도?"

경옥이 딱 잘라 봉이의 말에 못을 박자 그녀의 입에선 깊은 한숨이 흘러나왔다. 저도 몰래 습관적으로 흘러나오는 '나무관세음보살'의 불경과 함께.

때마침 교회 마당에서 숯으로 땅바닥에 그림을 그리고 있던 진한은 경옥을 따라가는 봉이의 뒷모습을 보았다.

'식모 누나가 새로 온다더니 식모인가보네.'

목을 길게 빼서 경옥과 봉이의 뒷모습을 보던 진한은 혼잣말을 하며 다시 그림을 그리기 시작했다.

30

봉이가 경옥과 함께 원장집 마당으로 들어섰을 때는 한센인 대여섯 명이 일을 하고 있었다. 담장을 쌓고 우물가 공사를 하는 중이었다.

경옥이 마당으로 들어서기 전, 몇 숨 정도 가만히 서 있자 한센인들은 우르르 한구석으로 피했다. 그제야 경옥은 코를 막고 서둘러 마당을 가로질러 들어가며 봉이에게 따라오라는 눈짓을 보냈다.

봉이는 천으로 얼굴을 감싸고 마당 한구석으로 피해 있는 사람들을 공포에 질려서 쳐다보며 경옥의 뒤를 따라갔다. 천 사이로 보이는 녹아내린 코, 삽을 쥔 뭉뚝한 손을 본 봉이가 소스라치게 놀라자 한센인들은 반사적으로 손을 숨겼다.

"사모님, 식모아이가 왔어요."

경옥이 현관문을 열며 말을 하자, 한센인들은 공사를 하던 곳으로 다시 돌아가며 봉이와 경옥이 실내로 들어서는 뒷모습을 보았다.

"저 가시나도 개밥그릇에 밥 던져주는 거 아이가?"

"밥이라도 주면 난 그걸로 족헌디요."

"시방 뭐라고 씨부리는 거여?"

“그렇잖아유, 여기서 일하면 개취급 당하면서도 밥은 실컷 먹잖아유.”

“고마 영구 말이 맞다, 저짜에 비하모 여짜가 훨 낫제.”

“아이구, 등신아.”

“이 꼴 면하려고 뭍에 가서 맞아죽은 사람이 한둘이간? 엉?”

“에혀. 그러게. 그냥 맘 같아서는 그냥 딱 죽고 싶어도 배고프면 여기 와서 일하고 밥 먹는 거 봐. 뭔 팔자가 이러냐 씨발.”

한센인들은 이구동성으로 덕배가 뱉은 마지막 말에 “그러게 말이다”를 말해놓고 서로를 보며 깔깔대고 웃다 하던 일을 이어갔다.

31

현관으로 들어서기 전 경옥은 봉이를 다시 한 번 훑어보다가 옷매무새를 고쳐주었다. 이윽고 현관문이 열렸다. 꽤나 사치를 좋아할 듯한 40대 초반의 선숙이 눈을 내리깔며 둘을 맞이했다.

경옥이 선숙에게 인사하며 봉이 옆구리를 찌르자 봉이가 90도로 고개를 숙여 인사를 했다. 선숙은 그런 봉이를 훑어보며 천천히 말문을 열었다.

"체구가 작네?"

선숙의 말이 떨어지기 무섭게 경옥은 눈치 주듯, 봉이를 힐끔 쳐다보았다.

"일은 야물딱지게 잘합니더!"

봉이의 말에 경옥이 고개를 끄덕이며 선숙의 눈치를 살피더니 봉이를 향해 말했다.

"그래, 뭐. 힘쓰는 거야 문둥이들이 하니까."

경옥의 '문둥이'라는 말에 봉이의 표정이 심하게 일그러졌다. 그러자 경옥이 봉이를 안심시키려는 듯 말을 보탰다.

"집안에는 얼씬 못하니까 염려 말고. 병이 옮는 건 아니야. 그럴지도 모른다는 거뿐이지. 여기서는 분명히 치료를 하고 있거든. 다 나았어도 지들이 안 돌아가는 거라고."

"얼라 잡아묵고 나았습니꺼?"

경옥의 말이 떨어지기 무섭게 봉이가 흥미롭다는 듯 말했다.

선숙은 봉이의 말에 기가 막혔다.

"나 병원 원장 사모야! 치료라고 했지?"

"그러니까 치료방법으로 그걸……."

"야!"

선숙이 별꼴이야 하는 표정을 지으며 목소리를 높였다.

"옴마야, 사모님이 잡아준 것도 아인데 와 가음을 지르고."

경옥은 '읍'하는 표정으로 웃음을 참는 동안 선숙은 기가 막혀서 입을 벌렸다.

"사모님요, 근데예, 핵교는 언제부터 보내주실낀데예?"

"학교?"

"일도 하고 돈도 벌고 핵교도 댕기게 한다꼬 했는데."

"그렇게 말했어?"

"교회 댕기는 사람 맞습니꺼? 와 지키지도 못할 말을 해가
꼬."

"뭐?"

선숙은 외마디 비명을 지르듯 말을 하고는 경옥을 향해 말
했다.

"얘 다시 보내요."

그 말에 봉이는 기겁을 하며 연신 손사래를 쳐댔다.

"아입니더, 아입니더. 그 집에 다시 가느니 차라리 핵교 안
다닐랍니다."

손사래를 치는 봉이를 보며 선숙은 피식 웃지 않을 수 없
었다.

"집이 어땠는데?"

봉이는 입을 꾹 다물어버렸다.

"사모님, 일할 거부터 알려주겠습니다."

경옥은 그런 봉이를 데리고 부엌으로 옮겨갔다. 부엌으로 들
어선 경옥은 기다렸다는 듯이 봉이의 입술을 꼬집듯 잡았다.

"이것아! 말 좀 가려서 해."

"웁웁!"

봉이가 고개를 흔들어댔다.

"말 좀 들어보이소. 분명히 핵교 보내준다캤거든요. 고거
믿고 요래 왔는데."

"근데 넌 생각과 동시에 말이 나오니?"

"안 그런 사람도 있으예?…… 아인데…… 집안 물어볼 때
는 입 다물었는데. 맞지예?"

경옥은 답답한 표정을 짓지 않을 수 없었다.

32

병원장 댁 식모로 온 오심봉은 경상도 출신이라 끝의 이름
을 불러 봉이라고 불렀다. 소록도 배경상 여러 가지로 폐쇄
적인 분위기였으나 그곳에서 한두 해 지나면서 뭘 듣고 배웠
는지 알 수 없어도 시집가기 전에는 어지간하게 발랑 까졌다
는 것에 토를 달 사람은 없었다. 더구나 심술보에, 자존심도
세고 성격까지 고약했다. 아마도 그 기질은 선천성이라 할
수 있겠다.

봉이가 병원장 집에 들어온 지 며칠 지나지 않아서였다.
심부름으로 강상구의 교회를 찾아갔었다. '목사관' 이라고 쓴
간판을 앞에 두고 진한에게 목사관이 어딘지를 물었다.

봉이가 한글을 모른다는 것을 눈치 챈 진한이 크게 웃으며
한 번 놀렸을 뿐인데 봉이는 그날로부터 치졸한 복수를 해왔다.

어려서 공포감을 주었던 사람들, 이를테면 초등학교 시절 학대하던 담임선생이나 무서운 동네 형들의 존재는 자라놓고 보면 공포가 아닌 분노로 완성된 경우가 허다하다.

진한의 경우, 봉이가 그런 존재였다.

33

그 즈음, 미술 선생이었던 정남은 새로운 취미가 생겼다.

작업장 등에서 챙긴 황토를 챙겨 두기 시작했다.

그리고는 수용소를 방불케 하는 수칙서에 의해 점호를 마치면 몰래 일어나 달빛을 벗 삼아 무언가를 만들었다. 작업장에서 챙긴 황토와 오랜 시간 말려 두었던 꽃잎들에 열매로 색소를 넣어 네모진 형태의 파스텔을 만들었던 것이다. 작업장으로 가던 중 교회에 들러 '진한에게 꼭 전해 줄 것'을 옥자에게 부탁하곤 했다.

"선생님이 물감 만들어주셨다."

옥자는 아침밥을 먹는 진한에게 전날 정남에게 받은 물감을 꺼내보였다.

"와아~!"

진한은 어머니에게 물감을 받아들고 좋아 어쩔 줄 몰라 했다.

"그림은 무슨, 얼른 먹고 학교나 가라."

진한이 물감을 받아들고 좋아하자, 강 목사는 힐끔거리며
말했다. 진한은 강 목사의 눈치를 보며 들고 있던 물감을 옆
에 살그머니 내려놓았다.

34

진한이 봉이를 다시 만난 것은, 교회를 찾아왔을 때 목사
관을 물었던 며칠 뒤였다. 아이들과 방과 후 집으로 돌아가
는데, 원장집 마당에 숨어 있다가 갑자기 나타났다.

"야야!"

진한은 봉이의 목소리에 귀신을 본 듯 깜짝 놀랐다.

"니 일루 와봐라."

"왜요?"

"니 그거 아나?"

"뭘요?"

봉이의 뜬금없는 질문에 진한은 두 눈을 동그랗게 떴다.

"문딩이들이 니 만한 얼라들 잡아묵고 나샀다는 말 모르
나?"

순간 진한은 사색이 되어버렸다. 봉이는 진한의 표정을 하
나하나 뜯어보며 비웃고 있었다.

"거짓말!"

진한도 봉이의 표정을 바라봤다. 그 모습이 너무도 섬뜩했다. 흡사 봉이가 '네 간을 달라' 하는 것처럼. 봉이는 한심하다는 듯 진한의 머리를 톡톡, 쳤다.

"야 봐라. 니 진짜 모르나? 니도 그래 될지도 모른다."

"그건 별주부전이야. 만든 이야기라고."

봉이는 진한의 반응에 쾌재를 불렀다.

"느그 아부지가. 교회서 문딩이들하고 밥도 같이 묵는다카드만. 니는 밥이 목구멍에 넘어가드나?"

"……."

"여 어른들이 와 저 사람들캉 뚝 떨어져서 말하는지 모르나?"

"아니야! 우리 아빠가 같이 있어도 된다 했어!"

"느그 아부지가 하나님 할아부지가 지켜주니 괜찮다카드나?"

"하나님 아버지야, 할아버지 아니야!"

"무시 그래 희한한 족보가 다 있노? 아나 모르나? 으이?"

"그건 그냥 피부병이랬어!"

"피부벼엉? 야가 갑갑한 소리하네."

봉이는 한숨까지 쉬어가며 말을 이어갔다.

"그게 말이다. 살이 썩는기거덩? 죽으면 썩어야 하는데 숨을 펄떡펄떡 쉬면서도 안 죽고, 숨만 붙은기라. 내 말이 틀리나 봐봐래이. 니 무덤 알제? 시체 파봐라. 똑~ 같데이."

'무덤?'

순간 진한은, 처음 소록도에 도착한 날이 흐릿하나마 떠올
랐다. 안개, 그리고 안개 속에서 흐리멍덩하게 모습을 드러낸
커다란 무덤. 마음이 복잡해지고 불편해지기 시작했다.

'안개와 무덤이라.'

딱히 연관성이 있을 것 같지 않지만, 왠지 모르게 그의 삶
이 타르처럼 시커먼 장막을 칠 것 같다는 불길함을 떨쳐낼
수 없었다.

진한은 말 그대로 얼음땡이 되어버렸다.

"니 거울 함 봐라. 그 사람들캉 니캉 똑같이 생겼드나? 봐
래이. 니캉 내캉은 같제? 붙을 거 다 붙어있제? 와카는지 아
나? 종자가 다른기다. 콩하고 살하고 다른 거랑 매 한가지
다. 알겠나? 이 맹꽁아!"

봉이는 진한을 쥐어박는 시늉을 했는데 진한은 봉이의 주
먹이 무서워가 아니라 무덤 시체 간을 먹는다는 말에 그만
오줌을 지리고 말았다.

"어메요. 니 오줌쌌나? 으이?"

그때 경옥의 목소리가 높다랗게 들려왔다.

"봉이야, 봉이야."

봉이는 짜증이 올라왔다. 더 해야 하는데.

"봉이야!"

"예! 갑니더!"

봉이는 안으로 달려 들어가면서도 진한을 향해 허공에 주
먹질을 해댔다.

"니 앞으로 단디해라이!"

진한은 여전히 놀라고 멍한 표정이었다. 그러다 울먹울먹거리며 집으로 뛰어가기 시작했다. 지렸던 오줌은 바지를 통째로 젖게 만들었다. 질척이는 바지가 몸에 감기며 서서히 무거워졌다. 누군가 바짓가랑이를 잡아당기는 것 같았다. 진한은 더 크게 소리 내어 울어댔다.

부엌에서 진한을 숨어보고 있던 봉이가 킥킥거리며 웃었다. 마치 전쟁에서 이기고 돌아온 승자의 표정이었다.

"째맨한 게 어데 내를 무시하고."

35

인간이 행복을 느낄 때는 자신보다 비참한 상대를 볼 때라고 했다. 아마 그녀도 그러했을 터였다. 태생으로 보나, 가산을 보나, 볼품없는 외모를 보나, 소록도를 떠날 때까지 한글을 깨우치지 못한 그 머리를 보나.

봉이의 머리로 말하자면 보통 사람의 두상보다 조금 클 뿐이었으나 어깨가 좁아 남들보다 훨씬 더 커 보였다. 머리에 다물통을 이고 비틀거리며 걸을 때는 얼마나 우스꽝스런지 아이들이건 어른이든 깔깔거리며 웃어댔다.

좁아터진 마을에서 사생아로 태어난 계집애는 아무에게도

환영받지 못했다. 미움 받고 무시해도 되는 존재였다. 봉이는 머리통이 남보다 작았으면 혹은 예뻤으면 하는 소원은 없었다. 단지 사생아가 아니었다면, 이렇게 똑같은 외모를 갖고 태어난 부잣집 막내딸이었다면 그 빈정거림이나 놀림은 없었을 거라 생각했다.

봉이는 남들이 비웃는 머리를 미워하지 않았다. 봉이의 자존심은 그러했다.

그러니 자기가 당했던 수모보다 더한 것을 받는 자들을 봤을 때 봉이는 세상은 의외로 넓고 공평하다는 것을 알았다. 섬에서 만났던 사람들, 노역하는 이들. 자기 나이의 반 토막인 "내가" 비키라고 소리치면 키질에 쌀겨 날아가듯 흩어지는 모습이라니. 살맛이 났다.

더구나 허공에 휘두르는 이 작은 주먹은 존경받는 목사 아들의 오줌을 지리게 하는 능력이 있었다는 것도 알았다.

진한은 오줌을 지린 적이 많았다.

그래서 봉이의 얼굴을 또렷하게 기억해 본 적이 없다. 너무 무서워서 제대로 쳐다본 적이 없기 때문이다. 다만 왜소한 체구에 유난히 도드라진 광대뼈와 짙은 눈썹은 또렷하게 기억난다. 그림을 그리는 진한의 시선으로 그녀를 보면 캔버스에 상당히 잘 어울리는 외모인 듯했다. 깡마른 주먹으로 허공을 휘둘러대던 그 가무잡잡하고 작은 주먹까지도.

어린 진한에게 각인된 봉이의 모습은 못났다.

심술 맞고 무섭고. 진한을 때린 적은 없어도 진한으로 하

여금 노상 그녀에게 맞고 지냈다는 가짜 기억을 준 그런 존
재였다.

실제로 봉이는 진한을 때린 적이 없었다.

다만 그녀에게 맞고 괴롭힘 당하는 꿈은 수차례 꾸었다.
그때마다 봉이 뒤에는 진한의 간을 뜯어 먹으려는 한센인들
이 항상 달려들었다. 진한은 열 살까지 그런 꿈을 자주 꿨다.
그 때마다 식은땀을 흘리고 비명을 질러대거나 울다가 눈을
떴다.

그와 같은 꿈은 한참 자란 후에 다시 꾼 적이 있었는데 봉
이 뒤에서 달려드는 그 한센인들은 실은 진한을 때리려는 봉
이를 말리는 거였다. 어릴 때는 무서워 울면서 깼지만, 이후
로는 그 꿈이 슬퍼 울면서 눈을 뜨는 진한이었다.

아무튼 봉이는 자기보다 비참한자를 보면 자신의 행복함을
느끼는 그런 계통의 인간이었다.

진한은 어느 날 병원장 집에 누나 진영과 함께 심부름을
갔었다.

그때 봉이는 온몸을 천으로 휘감고 마당 한 귀퉁이의 인부
들(말이 인부지 개인적으로 노동력을 착취당한 소록도 가족이
다)에게 개밥그릇처럼 생긴 그릇에 주먹밥을 던져주고 있었
다. 진한은 그런 봉이가 한센인들을 무서워하리라고는 꿈에도
생각하지 못했다.

분명 그녀도 어린 소녀였지만 진한에게는 그렇게 보이지
않았다. 실제로 그녀는 한센인들을 무서워한 게 아니라 괴물

취급을 했다. 가까이 가려 하지 않았던 것이다. 물어보지 않아도 당시의 봉이 표정이 딱 그러했다.

먹이를 던져놓고 문을 닫으며 힐끔 보는 그 표정.

비웃는 그 표정. 먹고 살겠다고 "사람"이 던져준 모이를 득달같이 달려들어 입에 쑤셔 넣는 "힘없는 괴물"을 바라보며 봉이는 그렇게 실컷 만족감을 표현했다.

그들에게 있어서 봉이는 그야말로 봉이었다.

그녀가 먹을거리를 주지 않으면 종일 굶어야 했다. 쓰레기통의 감자껍질조차도 그녀의 허락을 받고 먹을 정도였으니까. 봉이는 그들에게 왕의 대리자, 혹은 왕과도 같은 존재였다.

그녀가 마당에 나가기 위해 "비켜요!" 하면 한센인들은 동서로 멀찌감치 떨어져야 했다. 그 가운뎃길을 봉이는 쏜살같이 달려 지나갔고 그 자리를 벗어나면 보이지도 않는 먼지를 털어내듯 양쪽 어깨를 톡톡 쳐댔는데 그 꼴은 병원장 사모나 그 집을 방문한 여러 사람들과도 같았다.

그것을 보면서 진한은 그녀가 괘씸하다거나, 인격적인 모욕을 한다는 고차원적인 추측은 당연히 하지 않았다. 오히려 그런 그녀가 역시 무섭고 강한 존재로 보였다. 사실 부러웠기도 했다. 자신이 만약 그런 흉내를 냈더라면 일찌감치 아버지 강 목사한테 흠씬 두들겨 맞았을 테니 말이다.

<h1 style="text-align:center">36</h1>

주일 예배에 참석했던 정남은 이번엔 진한에게 붓을 건넸다. 자신이 직접 만든 붓이었다. 하지만 진한은 정남이 내민 붓을 보고만 있을 뿐, 받아들지 않았다. 진한의 시선은 오직 문드러진 정남의 손에 고정되었다. 그러고는 말없이 고개를 가로젓더니 그대로 자리를 떠버렸다. 의아해하는 정남의 표정을 보며 옆자리에 있던 진영이 정남으로부터 붓을 받아들었다.

"아버지가 그림 그리는 걸 안 좋아하세요."

"그래? 야단을 심하게 맞은 모양이네."

"그렇지도 않아요."

"이건 뭘로 만드셨어요?"

진영은 붓을 보며 궁금한 듯 물었다.

"말꼬리털이지. 오늘은 수채화 그리는 걸 가르쳐주고 싶었는데."

37

붓을 선물하는 정남을 피해 진한이 간 곳은 관사 안이었다. 꼭 그곳으로 가려던 것은 아니었는데, 어떻게 정남을 피한다고 한 것이 그곳이었다.

방안은 성도들, 원생들로 한가득이었다. 모여 밥을 먹고 있었다. 진한은 그들의 모습을 유심히 바라보았다. 턱 밑으로 밥알이 흘러내렸다. 서로를 바라보는 눈은 온통 충혈이 되어 있었고. 오른손이 뭉그러져 왼손으로 먹는 사람. 뭉뚝한 손으로 얼굴을 긁는 사람.

그날따라 진한의 눈엔 그들의 모습이 너무 무서웠다.

그들의 형상이 괴물처럼, 회오리처럼 진한을 덮치는 느낌이었다. 그 순간, 우천교가 들어오며 뒤에서 "밥 안 먹냐?"며 진한의 등을 두들겼다. 소스라치게 놀란 진한이 그를 바라보다가 뒷걸음치고 도망치려는 찰나, 강 목사가 진한을 잡아 세웠다.

"밥 먹어야지."

진한이 울며 겨자 먹기 식으로 억지로 자리에 앉으려 하자 사람들이 서로 자리를 내어주며 바닥을 톡톡 쳤다. 진한이 밥숟가락을 들고 자리에 앉자 사람들의 입이 더 잘 보였다.

봉이의 말이 귓가를 강타했다.

"송장. 죽은 사람. 애기 간을 먹었다."

진한은 애써 시선을 피하고 싶었으나 그러면 그럴수록 무슨 조홧속인지 자석에 끌린 것처럼 눈을 깜빡이지 못했다. 입에서 밥알이 흘러나오는 우천교의 입과 턱을 보는 순간 구역질이 나왔다.

"우웩~!"

"아이구. 애가 안 먹는 이유가 있구만요."

다독이며 우천교가 손을 내밀자 진한은 앉은 채 뒤로 물러서며 "아악~!"하고 비명을 질렀다.

강 목사는 사태를 대번에 파악한 눈빛으로 진한을 바라보았다.

"진한아!"

진한은 강 목사가 부르는 소리에도 아랑곳하지 않았다. 겁에 질린 표정으로 무작정 도망을 쳤다.

"이제 알만한 나이지요. 그만큼 똑똑하게 자란다는 말 아니겠습니까, 목사님."

우천교의 말에 민망한 표정으로 원생들을 바라보던 강 목사는 오히려 원생들이 고개를 숙이고 풀이 죽어있는 모습에 마음이 착잡했다.

없어진 진한을 찾느라 마을에서는 대소동이 벌어졌다.

머리카락 보일라 산등성이 깊숙한 곳에 숨어있던 진한을 제일 먼저 발견한 사람은 뭉그러진 손을 한 우천교였다. 그

에게 목덜미를 잡히게 되자 진한은 세상이 떠나갈 듯 비명을
질렀다.

"나는 병에 걸리기 싫단 말야!"

우천교의 손을 뿌리치며 진한은 발버둥이를 쳤으나, 어디선
가 "이 자식이!"라며 뺨을 후려치는 이가 있었다. 강 목사였
다. 진한은 그대로 나동그라졌다. 이에 놀란 우천교와 따라왔
던 마을 사람들이 강 목사를 말렸으나, 강 목사의 손은 나동
그라졌던 진한을 일으켜 세운 후, 진한의 뺨을 두어 번 더
가격하고서야 잠잠했다.

진한은 멍한 표정으로 아버지 강 목사를 쳐다보았다. 어머
니 옥자는 그런 진한을 끌어안고 한없이 눈물을 흘렸다.

진한은 그때 생각했다.

'어머니가 눈물을 흘리는 것은, 내가 문둥이들한테 간을 파
먹히지 않고 살아 돌아왔기 때문일 거야.'

그러면서도 우천교와 마을 사람들을 보는 진한의 눈에는
공포가 한가득 담겨있었다.

38

"아이고 목사님, 그러다 애 잡겠어요. 애잖아요!"

"그럴 수도 있지요. 무사하잖아요."

진한은 꿈결인 듯 강 목사에게 하는 마을 사람들의 말소리
를 들으며 자리에서 고꾸라졌다. 기절을 했던 것이다.

우천교의 등에 업혀 집으로 왔다는 사실도 모른 채, 고열
로 밤새 비몽사몽이었다. 잠시 정신이 돌아왔다가도 공포감에
혼절하기를 거듭했다. 시체가 덤비는가 하면, 자신의 피부가
부풀어 오르면서 썩어 녹아내리는 꿈을 꿨다. 누군가가 자신
의 간을 빼내느라 손을 몸에 대자 "악" 하는 소리와 함께 번
쩍 눈을 떴다.

"간…… 내 간……."

진한이 다시 헛소리를 질렀다. 땀을 닦아주던 옥자의 마음
한쪽이 캄캄하고 답답했다.

"아이구 세상에…… 대체 누가……."

39

그날 이후, 진한은 아버지 강 목사를 똑바로 볼 수 없었다.
유행가 가사처럼 강 목사 앞에만 서면 한없이 작아졌다. 주
눅 들고 눈치가 보였다.

주일이면 어김없이 억지로 원생들과 밥을 먹지만, 자신을
지켜보는 그들의 시선이 부담스러웠다. 그래서였는지 강 목사
는 나지막하지만 단호한 목소리로 진한에게 "나가~!"라고 했

다. 진한이 어떻게 할 것인지 잠시 머뭇거리자 강 목사의 말
이 이어졌다.

"안 들려? 나가라고!"

진한은 원생들의 시선을 뒤로 하고 밖으로 나왔다.

마당 가장자리의 구석에 쪼그리고 앉아 무릎 위로 손을 얹
어 턱을 괴고 있는데 눈앞에 감자를 쥔 손이 다가왔다. 상진
이었다. 그대로 진한 옆에 털썩 앉았다.

"먹어."

상진이 다시 감자를 내밀지만 진한은 대답 대신 머리를 가
로저었다.

"난 매일 쥐어 터지고 구박을 받더라도 부모님하고 하루만
이라도 붙어 있으면 좋겠다."

"나랑 바꾸자."

"등신아! 울 부모님은 니가 구역질해대는 문둥병자야. 그래
도 좋냐?"

"당연하지."

"부럽다."

"말이 안 통하네."

"그러게."

"문둥이 부모를 부러워하는 게 아니라 떨어져 있으니 부러
운 거겠지."

"너도 목사 아버지가 부러운 건 아니잖아."

40

아버지에게 맞은 날 이후, 진한은 숨을 곳을 찾아다녔다.

자신이 원생들의 시선에 잡히는 것을 싫어했다. 싫어했다기 보다 두려워했다. 그런 시선 앞에선 자기도 모르게 가슴이 덜컥덜컥 내려앉곤 했다. 자신의 등 뒤 어딘가에서 숨을 죽인 채 자신을 노려보는 원생들의 환각을 떨쳐낼 수가 없었다. 그럴 때면 창고로 향하곤 했다.

잡다한 물건들이 선반 위와 구석구석에 빼곡했다.

상진은 그 중에서 먼지가 뽀얗게 쌓인 상자 하나를 집어 들었다. 열었더니 그동안 정남이 만들어다 준 파스텔 물감과 붓이 수북하게 들어 있었다. 진한은 한참동안을 그것들을 바라만 봤다. 만질까 말까를 망설이다 조심스레 꺼내들고 빛이 내리쬐는 곳으로 옮겨놓았다. 펼쳐놓고 보니 검정, 하양, 노랑, 파랑, 빨강의 물감 색들이 마음을 편안하게 했다.

가만히 쓰다듬어 봤다. 파우더처럼 손가락에 묻어나는 물감이었다. 엄지손가락으로 빨강, 검지로 파랑을 만지고 들여다 보더니 진한은 이내 두 손가락을 비볐다. 보라색으로 변했다. 진한은 보라색으로 변한 손가락을 쳐다보며 입 꼬리를 살짝 말아 올렸다.

붓을 꺼내들고 그림 도구를 챙겨들었다.

봉이는 스물한 살쯤 육지로 시집을 갔다.

진한은 그제야 안도의 한숨을 내쉴 수 있었다.

"문둥이들이 네 간을 먹을 거다."

그녀의 그 말 한마디가 시작이었으나, 그날부터 진한은 악
몽을 꿔댔고 자라서는 그 말 하나로 아버지 강상구와는 돌아
올 수 없는 강을 건너게 되었다.

41

중학생이 되면서 아버지 강상구에 대한 진한의 반항심은
더더욱 커졌다.

어느 주일, 설교 준비를 하고 있는 아버지 강상구의 뒷모
습을 물끄러미 바라보던 진한이 입을 열었다.

"아버지. 예수님은 왜 베다니 마을 사람 전체를 고쳐주지
않았죠?"

"방해하지 마라."

"신도들이 물어보면 언제든지 대답해주시잖아요."

"지금 설교 준비하는 거 안보이냐!"

"대답 해주세요!"

진한의 질문에 돌아온 것은 따귀 한 방이었다.

그것은 곧 도화선이 되었다.

"왜 때려요! 하나님한테 직접 물어봐도 이렇게 하지는 않을 겁니다!"

"이 자식이!"

"아버지도 모르시지요? 의심하면 죄니까 무조건 아멘이지요?"

진한은 어릴 적부터 아버지 강상구에게 쌓였던 감정을 폭발하고 속사포처럼 말대거리를 했다.

"우리 가족 모두는 문둥이들을 위해 태어난 겁니까? 아버지는 제 가족을 돌보지 않는 자는 불신자보다 악하다는 말씀을 읽어보신 적 있으세요? 가족이 뭔지 알고나 있냐고요?"

"저, 저!"

진한은 아버지 강 목사의 대답도 듣지 않은 채 그대로 뛰어 나가버렸다. 몇 시간 후 〈문둥병자들에게 둘러싸여 있는 예수님〉이라는 제목을 써놓은, 진한이 그린 그림의 하나를 강상구 설교집 위에 올려놓았다. 예수님의 표정은 곤란에 빠져 쩔쩔매는 모습으로 수염에 머리만 길다 뿐이지 강상구의 얼굴과 흡사했다.

그림을 본 강상구는 분기탱천하여 그림을 찢어버렸다. 그리고 책상에 앉아 있는 진한의 뒷덜미를 잡아 그대로 바닥에 내동댕이쳤다.

'또 시작이구나.'

그날부터 강상구는 진한을 사흘을 굶겨버렸다.

진한은 배가 고프지도, 아파서도 아니라 단지 죽었으면 하는 바람으로 계속 누워있었다. 사흘 째 되는 날, 강상구는 축 늘어진 진한의 머리를 가만히 쓰다듬었다.

"베다니 사람 전체를 고쳐주지 않으신 이유는 오신 목적이 그게 아니기 때문이야. 그건 일부일 뿐이니까."

진한은 콧방귀를 뀌었다.

"그거 답하는데 사흘 걸렸나 봐요? 응답을 지금 받으셨나요?"

강상구가 또다시 벌컥 화를 내려하자, 가슴 졸이며 둘을 보고 있던 옥자가 진한을 끌어안았다.

"진한 아버지, 제발요. 애 죽어요. 그럴 나이잖아요. 진한 아버지는 그런 적 없다 해도 이 나이 아이들은 다 그래요."

허방을 디딘 듯 어머니 옥자의 마음은 아득한 곳을 떠돌고 있었다.

42

진한과 진영은 세 살 터울의 남매다.

그 삼년 사이에 두 명의 아이가 더 있었지만 백일도 못 되어서 죽었다고 했다. 진한이 밑으로도 한 명이 더 있었는데 그 아이도 죽었다. 진한은 차라리 그 죽어버린 아이들이 부러웠다.

아무튼 진한의 누나 강진영은 도무지 자기 주관이란 찾을 수가 없다. 좋게 말하면 아주 순종적인 전형적인 한국인들이 사랑하는 어머니상이자 딸인 셈이었다.

진영은 소록도에 발을 디딘 그날부터 자신을 보호해줄 사람은 누구인가를 찾기 시작했다. 그녀는 순하고 수동적이고 칭찬받으면 지나치게 겸손했는데 그런 모습은 강자에게 붙어서 안전하게 보호를 받으려는 기생심리와 무관하지 않다.

배에서 내리자마자 그녀의 손을 잡아주는 사람은 아무도 없었다. 엄마, 아빠라는 호칭은 그날로부터 "목사님, 사모님"으로 둔갑된 터라, 아버지의 눈치를 보느라 어머니는 대놓고 아이들을 감싸지 못했다. 말하자면 어머니 권옥자는 아버지 강상구 앞에서 찍소리 못하던, 어머니는 절대로 자신을 보호하지 못한다는 것을 진영은 눈치를 챘던 것이다.

진한이 아버지 강 목사에게 두들겨 맞을 때도 자신이 동생인 진한과 같은 행동을 하지 않으면 절대로 아버지에게 버림을 당하거나 학대를 당하지 않으리라 믿었던 것이다.

아버지가 진한을 죽일 듯이 팼을 때도 본인이 덩달아 얻어맞지나 않을까 겁을 먹었다. 게다가 무섭고 문드러지고 냄새 나는 원생들은 항상 강 목사에게 허리를 굽히며 존경을 표했기 때문에 아버지 강 목사는 한센인들보다 훨씬 센 사람이라 여겼다. 그러니 진영으로선 아버지 강 목사가 시키는 대로

순종했고, 그것이 아버지의 사랑을 받고, 아버지와 타인으로
부터 인정을 받고 있다는 증거로 삼았던 것이다.

함정은 그런 데에 있었다.

본인은 자타가 공인하는 착하고 순한 사람이라고 믿는 일.
많은 사람들이 그런 방식으로 살고 있지만 본인은 그것이 살
아가기 위한 기생이라는 사실을 절대로 생각하지도, 인정하지
도 않는다.

몇 년 후, 진한이 소록도를 탈출해서 그녀를 찾아갔을 때
시댁 식구들이 자기를 미워할까봐, 하나뿐인 혈육을 내친 일
은, 다만 우연은 아니었던 것이다.

43

진영은 그날, 하얗게 질린 표정으로 누가 볼세라 진한의
손을 이끌고 담장 구석으로 몸을 숨겼다. 비에 젖은 진한에
게 주먹밥 두 덩이를 건네며 연신 주변을 살피고는 "어서 돌
아가라. 아버지가 걱정하신다" 하며 시댁 대문을 닫아버렸다.
"밖에 누가 왔냐?"는 시어머니의 말에 "아니요" 했다.

아니요, 그냥 지나가는 사람이었어요. 진한은 그의 누나 진
영에게 그냥 지나가는 사람이 되었다. 진한이 진영에게 마음
을 닫아버린 결정적 이유였다.

어찌 보면 문화적인 배경으로 봐도 그게 답이긴 했다.

친정 식구. 가출한 동생. 더구나 소록도 문둥이 마을에서 오지 않았던가. 아무리 목사의 아들이라 해도 진한은 목사가 아니었고, 목사라 해도 그건 존경의 한 조각일 뿐이지 어쨌거나 소록도에서 온 사람은 괴물 중 하나로 인식될 뿐이었다.

진한은 그때 누나의 존재에 대해서 위에 언급했던 "기생심리"라고 마음속에서 종을 쳤다. 물론 정확하게 그 단어를 쓰지는 않았다. 다만 그녀에게 있어 집을 가출한 동생 진한은 약자임은 분명했고, 시댁은 강자였다. 진영으로로선 그들에게 붙어 살아야하는 건 당연했다.

수 십 년이 지나 "네 매형이 죽었단다"라는 소식을 들은 진한이 그때 갖게 된 생각은 "누나가 드디어 그 집안 최고의 강자가 됐구나"라는 생각이었다. 그녀가 더는 기생해 살 필요가 없게 된 것이다.

44

아버지 강상구에게 있어 가족이란 부부와 핏줄로 맺어진 선교사에 지나지 않았다. 그러니 그림을 택한 진한으로선 자신은 아버지가 분명한 사생아였다. 부정(父情)이라?

진한은 그건 아직 알지 못했다.

사춘기로 접어든 진한은 그런 아버지를 보면서 자신은 아이를 낳지도 않을 것이고 기르지도 않을 것을 결심했다. 그러니 결혼 같은 건 하지 않겠다고 마음먹는 건 너무나 당연했다. 아이를 키울 줄 모르면, 적어도 정이라는 거. 보통의 아버지처럼 하지 못할 바엔 아이를 낳지 않는 게 태어나지도 않은 그 아이를 위한 거라고 생각했다.

그러고 보면 진한에게는 부정의 가능성은 실오라기만큼은 있었던 모양이다. 낳지도 않은 아이를 사랑하는 마음이 그거라면.

아무튼 그런 아버지 때문에 성경에서 가르친 "사랑의 하나님 아버지"가 와 닿을 까닭이 없었다. 보이는 아버지의 모습은 언제나 자신에게 화를 내고 벌을 내리는 하나님의 모습으로 투영되었다. 그것이 와 닿지 않는 한 진한에게 있어서 "하나님은 사랑이시다"라는 말은 처음 보는 외국어 나부랭이에 지나지 않았다.

"보이는 사람을 사랑하지 않는데 보이지 않는 하나님을 사랑할 수 없다"는 성경말씀을 진한은 한참이나 쳐다본 때가 있었다. 절절하게 그 말씀이 와 닿았다. 그리고 강대상에서 말씀을 전하는 아버지 강상구를 바라보았다.

"사랑하는 성도 여러분!"

아버지 강상구의 강연은 그렇게 시작됐다.

'아버지, 나는요. 나는. 나는 성도도 아니고, 아버지의 사랑

도 못 받고 있잖아요.'

　진한은 이 땅에서 만난 그의 아버지를 사랑하지 않았고 하나님도 마찬가지였다. 아니, 절대로 사랑할 수가 없었다.

3 장

끊어없는 배반

45

진한이 열다섯 살이었던 여름, 은실이가 소록도에 왔다.

비가 올 듯 말 듯 한 그런 하늘을 바라보고 있을 때 병원장이 차를 타고 나가는 게 보였고, 그 뒤로 수송을 맡은 사람들 여럿이 뒤를 따랐다. 수송차가 갈 때 병원장까지 움직이면 분명히 있는 집안, 말하자면 영향력 있는 집안의 사람이 들어왔다는 것을 의미했다.

진한은 호기심에 지름길을 이용해 그들을 따라갔다.

아니나 다를까, 저주 받은 섬에 온 사람치곤 허용된 짐이 무척이나 많았다. 뭐하는 집안인지는 몰라도 전용짐꾼까지 함께였다. 그는 짐을 모두 내려놓고는 은실 앞에 공손하게 절까지 했다. 짐꾼이 절을 하고 몸을 일으키는 순간, 먹구름으로 잔뜩 찌푸려 있던 하늘에서 비를 뿌려대기 시작했다. 단정하게 차려입은 중년 여인이 우산을 펼쳐들었다. 우산은 곧장 은실에게 씌워졌고 은실은 아무것도 들지 않는 채 꼿꼿하게 서 있었다. 은실에게 우산을 씌운 여인은 은실 뒤에 서서 훌쩍거리며 손등으로 눈물을 찍어내고 있었다.

진한은 그녀가 어머니는 아니란 생각이 들었다.

딱히 뭘 보고 그런 생각을 했는지 모르지만 아마도 유모나

그 비슷한, 어쨌거나 그 집안에서 부리는 사람 중 하나라는
생각이 들었다.

은실은 곧 병원의 수송차에 몸을 실었다.

그러자 우산을 들고 있던 여인은 그대로 젖은 바닥에 주저
앉아 소리를 내며 울기 시작했다. 짐꾼인 남자는 여인을 일
으켜 세우고는 서둘러 배로 향했다.

진한의 생각이 맞았다. 여인은 마침내 "아이고 우리 애기
씨!"라고 하며 목소리를 더 높여 울기 시작했다.

46

이삼 개월이 지난 후, 은실이를 다시 보기 전까지 진한은
그 존재를 까맣게 잊고 살았다. 여전히 아버지와의 충돌이
잦았기 때문이다. 진한은 그때마다 그림 도구를 들고 바다가
보이는, 산 속의 비밀 공간으로 올라갔다.

어느 날 그림을 그리고 돌아온 진한은 달각달각 소리가 나
고 있는 부엌을 들여다봤다. 누나 진영이 찌그러진 냄비에
뭔가를 삶고 있었던 것이다. 머리핀이었다. 누나에게 누가 줬
는지 묻지 않을 수 없었다.

"어디서 났는데?"

"은실이."

"은실이?"

누나 진영은 분명 은실이가 줬다고 했다. 은실이가 누구냐 물었더니 설명이 장황했다. 진영의 장황한 설명들을 하나로 간추리면, 그날 그때 진한이 봤던, 병원장이 버선발로 마중을 나가 맞이했던 그날의 아이가 은실이었다.

은실의 집안은 부자가 틀림없었다.

격리된 환자들은 정해진 구역을 벗어나거나 그들을 면대할 자격 없는 사람과 만나는 것은 불가능했다. 진한 또한 소속이 목사의 아들일 뿐 그들과 접할 수 있는 자격은 없었다. 마주할 자격이 없다는 것은 오히려 큰 복이었다.

어쨌거나 은실이 그녀는 특권을 누리고 있었다.

감옥 같은 수용소에서도, 강점기의 순사보다 더 무섭다는 경비들도 그 아이에게는 관대했다. 어떠한 노동에도 투입되지 않았다. 가끔 바닷가를 혼자 걷고 있어도 잡으러 오지 않았다. 물론 그 시간은 정해진 시간이었다.

'대체 얼마나 큰돈을 쏟아 부었기에 그럴까?'

진한은 어이가 없고, 이해가 안 되는 일이라서 되뇌었다.

은실은 자신이 내밀던 머리핀을 진영이 마음에 들어 하자, 전달 할 때는 천을 감싸서 핀을 던져줬다고 했다. 진영 역시 그것을 자기의 손수건으로 감싸서 들고 왔는데, 그런 것은 피차가 당연한 절차처럼 받아들였다. 둘은 돌아보며 서로 손까지 흔들었다고 했다. 진영은 그렇게 받아들고 온 머리핀에 소독약을 치고 끓여댔던 것이다.

“은실이가 너에 대해서 물어보던데? 아마 너를 좋아하나 봐.”

“나를? 언제 봤다고. 나에 대해 뭘 안다고. 아니, 그 전에 그 아이랑 내가 본 적이나 있었나?”

있었다고 했다. 그 아이는 진한이 그림 그리는 장면을 보고 반했던 모양이다. 몰두해서 뭔가를 그려대는, 사지가 멀쩡한 목사의 아들. 그럴 만했다. 그 또래 중에서 제일 괜찮은, 설령 그 기준이 이하라 하더라도 모여 있는 집단에서 우성인 자로 보였을 테니 말이다.

순간 진한의 머리는 비상하게 돌아가기 시작했다.

‘그 아이는 나를 좋아하는 부잣집 아이다. 그녀의 집에다 뭔가를 요구하면 분명히 보내줄 터.’

이후로 진한은 그 아이가 돌아다닐 수 있는 시간에 나타나서 그림을 그려댔고 은실이는 멀리서 진한을 바라보고 있었다.

진한은 바람에 의해 감염이 될 수도 있다고 하는 말을 믿지 않은 지 오래였다. 우천교가 문드러진 손으로 자신의 손목을 잡아 끌어댔던 그날 이후부터.

진한은 은실에게 말을 걸었고, 그 아이는 눈을 반짝이며 진한에게 호감이 있다는 것을 표현하기 시작했다. 물감을 얻기 위해서 진한은 은실에게 그림을 그려줬고 은실은 좋아했다.

“색깔을 칠해주고 싶은데 물감이 없어.”

물감은 그로부터 두 달 후에 도착했다.

붓이며, 유화며, 그 비싼 캔버스까지.

은실이는 진한의, 말하자면 첫 번째 스폰서였다.

은실에게서 자신이 원하는 것을 받아든 날이면 진한은 한동안 그녀의 눈에서 사라졌다. 그러다 재료가 떨어질 무렵이 되면 대충 그린 그림을 들고 나와 "이걸 그리느라 못 나왔다"고 둘러댔다.

삼 개월, 오 개월 간격을 두고 은실이를 만날 때마다 그녀의 모습은 점점 더 일그러져 갔다. 턱 주변에서 목과 가슴께로 번져가는 병세로 보아 '저 아이는 저러다가 마침내 촛농처럼 녹아서 죽게 될 거야' 라는 생각이 들었다. 그게 얼마 남지 않은 시간이라는 생각에 진한은 더욱 공을 들여 가능한 한 많이, 좋은 것을 그녀로부터 얻어내려고 했다. 구슬리는 온갖 말은 말할 것도 없고, 심지어는 구역질을 참으면서 그녀의 머리카락을 쓰다듬기도 했다.

"약을 꾸준하게 잘 먹도록 해. 잠도 푹 자야 하거든."

때로는 먹을 것을 챙겨 들고 와서 주기도 했다.

이만하면 천하의 바보라도 '이 사람은 나를 아끼고 좋아한다'고 느끼기에 충분했다. 진한은 그런 상태를 계속 유지했다. 그러다 한 번씩 날씨가 좋지 않아 배편이 원활하지 못해 주문했던 것들이 늦어진다거나, 몇 가지 색감이나 재료가 빠졌을 때는 엄청 화를 냈다. 그럴 때마다 은실이는 죄인처럼 무릎을 꿇고 잘못했다고 빌었다.

47

진한은 은실을 통해 사람을 학대하고 잔인하게 대하는 그 감정이 어떤 것인지를 경험했다. 잔혹한 사건을 두고 그 범죄를 저지른 자에게는 '짐승만도 못하다'라는 말을 한다. 그것은 진리의 말씀과도 방불(彷佛)하다.

동물은 생명체를 장난감처럼 다루지 않는다.

다만 동물들이 사나워지고 잔혹성을 보일 때는 동족끼리의 서열다툼이나, 새끼의 생존의 문제, 혹은 주린 배를 채울 때뿐이다.

진한의 그 사악하고 간교함은 양심과는 동떨어졌다.

은실이가 빌 때마다 그는 아주 묘한 쾌감을 느끼곤 했던 것이다. 지금껏 그에게 무릎 꿇고 잘못했다고 비는 사람은 아무도 없었다. 그 쾌감은 아주 작게 시작했으나 이후로 그가 요구한 모든 물건이 도착했을 때도 그 쾌감을 느끼기 위해 다른 트집을 잡아 그녀로 하여금 자신 앞에 무릎을 꿇고 울게 만들었다.

그 트집이란, 굳이 냄새라는 단어를 쓰지는 않았어도 코를 막고 고개를 돌리는 것으로 대신 했다. 사실 그 아이에게는 참지 못할 만큼의 악취는 나지 않았다. 다만 진한이 은실이에게 인식 시키고자 했던 것은 두 가지였다. "나는 너랑 분명히 다른 존재"라는 것과, 그 아이가 자신에게 "이 이상 뭔가를 바란다면 미쳤다"는 소리를 듣게 된다는 것을.

진한은 점점 완전한 남자의 모습으로 성장했고, 은실이는 사람에서 "섬의 괴물"에 점점 더 가까워졌기 때문이다.

진한은 그래서 자신이 하는 행동은 정당하다고 여겼다.

그 섬에서 그들에게 인격적인 대우를 하는 것은 같은 종족들과 종교인뿐이었으니까. 하지만 자신은 그들과 동족도 아닐뿐더러 혈통으로는 목사의 아들이지만 섬 안의 다른 그 집단임을 은연중에 으스댔던 것이다. 왕 행세를 하는 무리와 같은 계급이었다.

48

진한은 자주 다락방에 올라갔다.

말할 것도 없이 아버지 눈을 피해 뭔가를 감추기 위해서였다. 바닥에 화구통을 감춰두었던 것이다. 밖에서 인기척이 들리면 그대로 바닥을 덮었다가 조용해지면 화구통을 책가방 안에 넣어 조용히 다락방을 빠져나오곤 했다.

그날도 화구통을 가방에 숨겨 나오는데 마침 어머니와 누나가 예배당에서 기도를 올리고 있는 모습이 눈에 잡혔다. 그날

따라 유난희 어머니의 낡은 옷이 눈에 걸렸다. 보아하니 열아홉 살의 누나 모습도 소녀라기보다는 청상과부처럼 보였다.

진한은 화가 치밀어 올랐다.

한동안 못마땅한 표정으로 둘을 지켜보다 발길을 돌리려는 순간, 어디선가 아버지 강 목사의 목소리가 메아리쳤다.

"또 어디 가냐?"

진한은 순간, 멈칫거렸다.

"상진이한테요."

"대체 넌 공부는 하고 있는 거니?"

"섬에서 공부 해봤자 뭘 하겠어요?"

진한은 울컥하는 마음에 말대거리를 했다.

"섬에서 공부해서 목사 된 사람 많다."

"저는 목사 안 해요."

"뭐라? 그럼 저 사람들은 어쩌고?"

"내가 왜 저 사람들을 책임져야 하는 데요?"

"이 놈이."

"사람들한테는 네네, 성도님 이러면서. 봐요, 자식한텐 툭 하면 이놈, 저놈 아니면 이 새끼. 언제 저하고 진득한 대화 한 번 해본 적 있어요?"

진한의 말은 무슨 속사포를 달았는지, 미처 강 목사가 대꾸할 틈도 주지 않고 마구 쏘아댔다.

"진한아~!"

어머니였다.

"어머니도 그 사람들을 돌보는 게 사명이라고 생각해요? 죽을 때까지 지켜야 한다는 명령? 저는요? 누나는요? 그 사람들에 대한 사명은 아버지 것이지, 가족의 몫은 아니잖아요. 왜 누나까지도 그렇게 만드는 건데요. 우리를 아버지 맘대로 순교자로 만들 셈이죠? 그 영광은 하나님 겁니까, 아버지 겁니까?"

그때였다. 강 목사의 손이, 따지듯 말하는 진한의 뺨을 향해 날아들었다. 그러고는 이성을 잃은 듯 강 목사는 진한을 향해 연달아 손찌검을 해댔다.

"아이고 진한이 아버지."

진한의 어머니와 누나 진영이 달려들어 강 목사를 잡았으나 소용이 없었다. 진한의 코에서 피가 줄줄 흘러도 아랑곳하지 않는 강 목사였다.

"이러다 정말 애 죽어요. 내 아들 죽는다고요."

진한의 어머니는 울면서 강 목사를 뜯어 말렸다.

"차라리 죽는 게 낫다구."

진한은 두들겨 맞으면서도 입을 다물지 않았다. 그럴수록 강 목사의 손찌검은 더더욱 수위가 높아졌다. 눈에 독기가 가득했다.

"오늘부터 삼일 간 금식해. 밥 주기만 해봐."

강 목사는 아내와 딸을 보며 다짐하듯 못을 박았다.

49

진한은 퉁퉁 부은 얼굴로 창고바닥에 누워 있었다.

그 옆으로 물 한 대접과 성경책이 나란히 놓여 있고. 모로 눕던 진한은 성경책이 눈에 들어오자 외면을 해버렸다. 그러고는 사흘을 버텨냈다. 눈치를 보던 진한의 어머니가 사흘째 되는 날 아침에 주먹밥을 챙겨들고 창고로 들어섰다.

진한은 이를 악 물고 자신의 어머니를 외면하며 눈을 감아버렸다.

"아버지는 그림을 취미로 하고 신학대 가서 목사가 되라고 하는데."

진한의 어머니가 그의 머리를 쓰다듬으며 말했다.

"싫다고요."

"며칠 있다가 비토섬에 물품 전달한다는 핑계대고 경남 들러서 네가 다닐 학교를 알아볼 테니 기운 내라."

그 말에 진한은 눈을 뜨고 천천히 일어나 앉으며 그의 어머니에게 물었다.

"정말이죠?"

"얼른 먹어."

진한의 어머니는 진한의 말에 고개를 끄덕이며 주먹밥을

내밀었다. 주먹밥을 받아든 진한에게 그의 어머니는 몇 번이
나 고개를 끄덕끄덕했다.

50

그 즈음 삼천포 앞바다 비토섬에서는 한센인 40여명이 개
간하는 일을 했다.

비토섬에 도착한 강 목사의 아내 옥자는 그들에게 물품을
전달한 후, 뭍으로 나갈 준비를 하고 있었다. 타고 갈 배를
기다리고 있을 즈음, 어디선가 무리를 지은 사람들이 낫과
대창을 들고 몰려들었다. 이웃 주민들이었다.

놀란 사람들은 천막 안으로 몸을 숨겼다.

주민 중 하나가 마지막으로 천막에 들어가려는 옥자를 붙
잡아 심한 매질을 했다. 이어서 천막에 휘발유를 뿌리고 불
을 지폈다. 삽시간에 비토섬은 아수라장이 되었다. 연기에 질
식하거나 모진 매질에 28명의 사람들이 목숨을 잃고 말았다.

그날 저녁, 비보를 접한 진한은 억장이 무너지는 것 같았
다. 존재감이 절반은 마비가 온 듯했다.

51

사람들은 어떤 우월감이나 알량한 동정심 혹은 신앙심으로 그들을 애처롭고 가련하게 봤다. 진한은 그 자체를 교만이라고 여겼다. 그래서 강 목사는 진한에게 자기 위주로 생각하는 "이기적인 놈"이라고 했다.

그 소릴 들을 때마다 그의 어머니 권옥자는 강하게 부정을 했다. 강상구의 말이 맞았다.

진한의 성향은 타고난 천성은 아니었다. 단지 소록도라는 섬에서 살다보니 사지육신 멀쩡한 진한으로선 오히려 그곳에서 커다란 장애를 안고 태어난 괴물처럼 여겨졌다. 나름 생존의 방식을 터득한 것이었다.

사람들은 그들이 소외당했다고 하지만 진한이 느낀 소외감 또한 만만치 않았다.

'멀쩡하니까 넌 괜찮다' 식으로 싸잡아 생각하는 것은 옳지 않다고 여겼다. 그러니 진한으로선 자연스레 스스로를 보호해야 했고 제 밥그릇은 그야말로 스스로 챙겼어야 했던 것이다.

그것이 이기적인 것일까. 아니면 인간의 생존 본성에 충실했던 것인가. 진한은 후자라고 여겼다.

부모, 아버지와 어머니는 그 어린 진한을 방치해서는 안

됐었다. '하나님이 나를 지키신다고?' 누가 진한을 그 땅에서
보호하고 그의 편이 되었었나. 돌이켜보면 없었다. 아무도 없
었다.

52

전쟁으로 부모를 잃은 아이들도 많았던 터라 양친 중 하나
가 죽었다 해도 그런가보다 하는 세상에서 살던 진한은 어머
니가 비참하게 돌아가셨다는 사실이 그리 심각한 트라우마는
아니었다. 그의 어머니가 자신을 남겨두고 하늘로 갔다는 비
통함보다는 되레 여전히 그 섬, 소록도에 남아있어야 한다는
좌절감 때문에 울어버렸다.

민간인의 한센인 학살.

하지만 진한은 그들과 자기 어머니의 죽음에 대한 보상이
라든가, 죽은 자에 대한 그리움, 아픔, 억울함에 대해서는 애
써 외면했다. 목도하지 않았지만 누구보다도 그 상황을 선명
하게 연상할 수 있었다.

그는 그 날의 사건. 그의 어머니의 얼굴, 피, 불 등이 연상
이 되었다. 머릿속에, 마음속에 연상되는 그림을 그리는 것은
그에게 있어 아주 쉬운 일이었다. 그게 남의 머릿속에 있는
거라 해도 그리리라 마음먹으면 훤하게 펼쳐지는 공간. 그의

시선, 그 자체가 캔버스로 변하는데 어려울 게 뭐있나. 그러니 눈을 감아도 보이고 고개를 돌리고 눈을 뽑아낸다 하더라도 그 장면은 언제든 보이고 그려낼 수가 있었다.

그럼에도 그 장면이 떠오를 때마다 외면하고 고개를 가로저으며 소리를 질러댄 것은 단 하나의 이유 때문이었다.

그는 그것을 바라볼 정도로 악한 놈은 아니었다.

그는 다만 약한 사람 범주에 가까울 뿐이었다. 아주 약하고 순식간에 무너지기 쉬운 그런 연약한 사람.

이기적인 성향? 그것 역시 스스로 보호하려는 장치였다. 그게 아니었다면 그는 일찌감치 자살을 했을지 모른다. 하지만 그의 속 깊은 곳에 자리한 또 다른 그의 자아는 항상 이렇게 외쳐댔다.

"나는 살고 싶다."

인간은 아주 극한 상황을 맞닥뜨리게 되면 그 사람 고유의 본성이 드러나게 마련이다. 이기적인가, 이타적인가, 선한 사람인가, 악한 사람인가.

그는 약한 것을 숨기기 위해 악랄하고 못된 짓만 골라서 했을 터였다. 어렸으니까.

그러나 비토섬 사건에 대해서는 붓으로도, 글로도 표현하는 게 두려웠다. 자신의 직접적인 죽음이 아닌 어머니의 죽음과 그 사람들 한센인들의 죽음. 그리고 한센인들을 공격하는 이리떼와 같은 그 집단들을 표현하는 것은 그가 살아 있는 한, 절대 있을 수 없을 것이다.

뜻하지 않은 그의 어머니의 별고는 진한으로 하여금 그 섬
에서 탈출할 수 있는 기회를 완전히 앗아가 버렸다. 빠삐용
이 등짝에 코코넛 자루를 짊어지고 뛰어내리기 직전에 그 자
루를 빼앗겨 버린 것처럼.

가슴이 뜨겁게 압박되어 왔다.

금방이라도 눈물이 날 것 같았다.

53

진한의 생각은 달랐다.

그의 어머니의 비보를 듣고 아버지 강 목사가 통곡하는 것
은 단순히 목회를 돕는, 사모의 자리가 없어진 것에 대한 원
통함이라 여겼다.

강 목사는 처음, 당신이 부족해서 아내를 먼저 데려간 거
라고 에둘러 이야기를 했었다. 그러나 시간이 갈수록 아들인
진한을 원망했다. 진한은 받아들일 수 없었다.

"너만 아니었다면 네 어머니가 그 섬에 갈 일도 없었어."

강 목사의 그 말은 당신의 말이 거짓이라는 것을 시인하는
대목이었다.

실제로 그런 강 목사의 마음은 일평생을 갔다.

죽기 직전에서야 진한을 용서했다.

진심인지 아닌지는 모르지만. 아니면 성경의 가르침대로 "내가 용서를 받으려면 남을 용서해야 한다"는 이유가 더 큰 것일 수도.

"나는 너를 용서한다."

강 목사가 진한에게 남긴 유언이었다.

그때 진한은 자신이 뭘 잘못했냐고 대들었다. 원통하고 분했던 것이다.

"왜 이 섬에 와서. 왜 나를 낳아서. 왜? 왜? 왜?"

54

고릿적엔 얼굴 한 번 본 적 없이도 결혼이 가능했다.

진한의 아버지와 어머니가 그랬듯이.

당연히 중매로 결혼했다. 있는 집안의 양반이라면 적어도 초상화라도 보여줬을 텐데, 다만 기독교 집안에 이러저러한 사람인데 괜찮고 어쩌고 하는 말만 믿고 어머니 권옥자는 어른들의 말에 물 흘러가듯 그렇게 아버지 강상구에게 시집을 왔다.

진한은 자기가 보기에도 어머니는 기독교적인 신앙, 선교나 기타 등등 성경이 제시하는 사명과는 동떨어진 여필종부인 터라 아버지 강상구를 따라 나섰다고 생각했다.

한센인들에게는 관대하고 자상하고 동정심 많은 아버지 강 목사에 비해 그의 어머니는 자식들에게 행여 그 병이 옮지나 않을까, 이 아이들을 평생 소록도에서 살게 해도 될까하는 생각이 있음은 분명했다. 그녀가 진한을 소록도에서 독립이 아닌, 탈출시키고자 했고, 누나인 진영에게는 "가급적 친정과 먼 지역으로 시집을 갈 것"을 강조했던 사실만으로도 미루어 짐작이 갔다. 더구나 사위가 될 사람은 목사가 아니었으면 좋겠다고 누나에게 말한 적이 있다고, 진영이 말해준 적이 있었다. 그 말은 아버지 강상구에게 "난 당신과 결혼한 걸 후회한다"라는 말을 한 것과 마찬가지였다. 아버지 강상구는 그 사실을 아주 한참 후에 알게 됐다. 그것도 그녀가 죽고 난 후에.

55

늦은 오후, 진한은 망루에 올라 먼 바다를 바라보며 수첩에 무언가를 스케치하다 말고 정물화처럼 멈춰 섰다. 선착장에 닿은 배에서 내린 한 남자가 눈에 잡혔던 것이다.

영화배우처럼 준수한 외모의 젊은 청년으로 보였다.

그는 커다란 가방 두 개에 뭔가를 잔뜩 채워온 듯했다. 병원 직원들과 실랑이가 일어났다. 진한은 용수철처럼 퉁겨져 그리로 달려갔다.

아무리 봐도 그는 흥미로운 사람이었다.

가방 속은 의학 서적을 비롯한 많은 책들로 빼곡했다. 깔끔한 외모를 보나, 말투를 보나, 영락없는 새로 부임해온 젊은 의사 선생이었다. 그럴 거라 생각하는 순간, 병원 직원의 격앙된 소리가 들렸다.

"이런 건 수용소에 아예 들고 갈 수 없단 말이야. 팔자 늘어지게 이런 거 읽을 시간이 있는 줄 아나본데. 여긴 그런 신선놀음하는 곳이 아니야."

병원 직원의 말에 그는 몹시 불쾌한 표정을 지었다.

진한은 그가 한센인이라는 것이 믿어지지가 않았다.

더 가까이 다가가 그의 얼굴을 살펴봤다. 귀 옆과 볼 사이에 불그스레한 자욱이 있었다. 한센인이었다. 그것을 확인하는 순간, 진한의 몸에선 기가 빠져나가는 듯했다.

"땔감으로 쓰든 바다에 버리든 해야지."

예의 그 병원 직원의 신경질적인 목소리가 한층 더 높아졌다.

56

진한의 창고에는 이전에는 보지 못했던 책들이 볕이 드는 곳에 차곡차곡 정리 되어 있었다. 병원 직원이 불사르겠다고 했던, 그의 책들이었다. 권규학.

어디서 그런 용기가 생겼는지 모르지만, 진한은 달려가 자신이 그 책들을 맡겠다고 나섰던 것이다.

철학, 의학, 세계문호들의 책들이었다.

그중에 스탕달의 《연애론》도 있었으나 열일곱 살 당시 진한은 연애에는 도통 관심이 없었던 터라 제목만 훑고 다른 책들을 뒤적거렸다.

성경책 이후로 거의 처음 보는 제목의 책들이었다.

어떤 책은 제목만 봐도 그 내용이 심각하다는 것을 짐작할 수 있었다. 《죄와 벌》, 《적과 흑》 뒤마의 소설 《철가면》 등등.

사실 뒤마의 소설 《철가면》은 규학이 책을 실어 나르는 진한에게 권해준 책이기도 했다. 또래의 소년이 흥미를 느낄 만한 책이었으니까.

그밖에《몽테크리스토 백작》,《돈키호테》 등의 책만 봐도 규학이 어떤 집안의 사람인지 짐작할 수 있었다. 귀티 나는 도련님 같은 흔적이 아예 없었다 해도 누구든 짐작하고도 남을 만했다. 그런 것은 누군가 알려줘서 아는 것은 아니었다. 뭐랄까, 딱히 설명할 수 없지만 사람은 누구나 딱히 설명할 수 없는 순간에 들 때가 있는데, 진한이 바로 그 순간에 들었던 것이다. 그러니 진한에게 그런 것은 저절로 알 수 있는 일이었다.

병원 직원들은 이 책을 모조리 끌어다가 분명 돈 몇 푼에 팔 작정이었을 것이다. 말로는 땔감을 운운하고, 바다에 버린

다 어쩐다 했지만.

사실 진한은 그게 싫었다. 병원 직원들의 그 꼴이 보기 싫어 굳이 그 책들을 낑낑대며 집안으로 옮겨놓았던 것이다.

이번에는 철학책 하나를 집어 들었다.

제목이 프로이트, 융.

"…… 중(Jung-융)……?"

진한은 목탁 두들기는 동작을 하며 다시 소리를 냈다.

"그 중?"

아니란 걸 알면서도 일부러 소리를 만들어보는 진한이었다.

다음으로 눈에 잡힌 책은 의학서적들과 관련 자료들이었다.

미켈란젤로의 《인체해부도》 레오나르도 다빈치의 인체 황금비율 그림 등.

진한은 손가락에 침을 발라가며 조심스레 책장을 넘겼다. 순간 진한은 숨 막히는 경이를 접한 듯했다. 신세계였다.

그림은 머리로 상상으로 풀어내지만, 의학서적은 그야말로 글로 박아놓은 새로운 세상이었다. 성경과 교과서 이외에 처음으로 유명한 작가들이 쓴, 그들 사후의 글들에 대한 호기심이 발동을 했다.

"대단한 사람이 왔구나."

진한은 책을 덮으며 감탄의 말을 소리로 만들어 냈다.

그러다 문득 규학의 경미하지만 병명이 분명한 흔적, 한센인이라는 것을 떠올리며 안타까움을 금치 못했다.

57

병원 측은 규학을 경미한 환자라 분리하고 즉시 노동에 투입했다. 상태를 본 후 그 진행 여부에 따라 판가름하지 않았던 것이다. 물론 경미한 환자로 분리되어 예배당에 출입이 가능하게 된 것이지만.

규학은 언제나 예배당 맨 뒷자리, 같은 자리만을 고집했다. 진한은 첫 두 달 간은 규학과 눈인사만 했다.

그러던 어느 날, 예배가 끝나고 사람들이 거의 빠져나갔을 무렵이었다. 진한이 슬그머니 규학 옆으로 가서 자리에 앉았다. 규학은 반사적으로 기다렸다는 듯이 옆으로 슬쩍 비켜났다. 정면을 향한 시선은 그대로 둔 채였다.

"형은 예배가 끝나면 왜 항상 맨 마지막에 나가요? 예배 중에 뭔지 모르지만 감동을 받는 사람이 있다는데 형도 그런 걸 기대하나요? 아니면 잠시라도 혼자 있고 싶어서?"

진한의 뜬금없는 질문에 규학은 십자가가 걸린 강대상에 여전히 시선을 고정시키고 소리 없는 웃음을 베어 물었다.

"나는 이곳에 온 후로 하루도 빠짐없이 줄을 서 왔거든. 눈을 뜨면서부터 자기 전까지. 밥 먹을 때, 일을 나가고 들어올 때, 약 받을 때. 뭐, 소변 통을 소독하고 온몸에 소독약을 뿌릴 때나. 물론 침상 발치에 서서 점호를 받을 때는 똑바로 서서 있긴 하지만 사실 그것도 줄을 서는 일의 연장이거든. 걷느냐, 멈춰 있느냐 그 차이일 뿐이야. 예배가 끝나면 사람들이 일어서서 조금씩, 조금씩 빠져나가는 게 싫어. 난 그것도 싫거든."

잠시 숨을 고르던 규학이 자신의 시선을 진한에게 옮겼다.

"뭔가 좀 그럴 듯 해 보이는 답이 아니라 실망인가보네."

이어진 규학의 말에 진한이 어깨를 으쓱하며 대꾸했다.

"이해가요."

진한은 자신의 시선도 규학이 향한 곳에 포갰다.

"내가 책 좀 갖다 줄까요? 형이 맡긴 거."

"안 될 걸."

"한 권쯤이야 어때서요?"

그날 이후로 규학은 진한에게 있는, 말하자면 맡겨 놓은 책을 한 권씩 받아들게 되었다. 읽고 난 후엔 돌려주고 다른 책과 교환을 했다. 마치 본인 소장의 대여서점 분위기랄까.

당연히 만남이 잦아졌다. 교회 뒷좌석에서의 대화도 잦아졌다.

그는 강 목사와 진한의 갈등을 멀찍이서 관찰했지만 한 번도 간섭한 적은 없었다. 식물학자가 화초에 물을 주며 하루하루 어찌 변하나 관찰하듯 둘을 바라볼 뿐이었다.

58

모든 것이 하나님의 섭리라고 가르치던 아버지 강 목사는 진한에게 "너 때문에 어머니가 죽었다"는 말을 하기 시작했고, 충돌이 빈번해졌다. 그날부터 진한은 그놈의 섬을 탈출하고자 굳게 마음먹었다. 하지만 자신이 그곳을 나가버리고 나면 누나 진영이 어찌 될까, 하는 마음에 하루하루를 버텼다.

진한은 약아지기 시작했다. 살아가기 위해서 해야 하는 것은 무엇이든 하리라 다짐을 하게 되었다.

사람의 됨됨이를 알아보는 일.

타인이든 자기 자신이든 됨됨이의 근본적인 인성을 알아내는 방법 중 가장 정확한 것은 그야말로 극한 상황, 그러니까 목숨이 달린 그런 문제, 혹은 상황에 놓였을 때를 들여다보면 된다. 반드시 그가 지닌 본성이 나타난다고 했다. 과연 맞는 말이었다.

진한은 그 섬에서 벗어나기 위해 일찌감치 본성을 드러내 보였다. 교활한 본성과 약자를 이용하는 방법.

무시해도 되는 존재와 중요하게 생각해야 하는 존재.

양면적인 모습은 사람이 세상을 사는데 있어서 필수 조건이라는 것을 일찌감치 간파했다. 그러니까 성경에서 제시하는

인간의 양심이나 도덕성은 하나님이 인간에게 기본적으로 다
나눠진 양심이었던 것이다.

율법이 생기기 전, 그 양심을 새겨놓아 이방인이라도, 하나
님의 존재와 그 독생자의 존재를 몰랐던 사람이라도 최후의
심판 때는 기준을 삼는다는 개인의 본성인 그 양심. 양심을
인두로 지져버려 쓸모없게 된 자는 그와 같이 버려진다는 양
심.

진한은 일찌감치 그 양심을 화덕에 던져버렸다.

어린 나이에 벌써부터 살아야 한다는, 살아남아야 한다는
강한 본능 하나로 말이다. 그림물감이 떨어질 무렵이면 은실
이를 꼬드겼다. 그녀에게 물감을 보내달라고 집으로 편지를
쓰도록 꼬드겼던 것이다.

59

섬을 탈출할 계획을 세운 진한은 은실이에게 다정한 모습
으로 나타났다. 그는 은실에게 뜯어낼 수 있는 것은 최대한
뜯어낼 생각이었다. 서울에 가서 그림을 그리든, 아니면 뜯어
낸 물감이라도 팔든. 어쨌거나 돈이 될 만한 것은 모두 얻어
낼 작정이었다.

은실이는 원래 단순했던 것인지, 환경적으로 단순하게 되었

는지는 몰라도 진한이 잘해주면 잘해주는 대로, 못 되게 굴면 못 되게 구는 대로 순종적으로 나오는 일관성은 있었다.

진한은 이번에는 그림재료가 아닌 돈이 필요하다고 했다. 책을 사야 하는데 책을 못 구하면 직접 육지로 가야한다고 했더니 은실이는 기겁을 하며 책값이 얼마인지를 물었다.

진한은 지금으로 치면 "오십만 원 정도"에 해당하는 금액을 요구했고 은실이는 "며칠 후 가져다주겠다"고 했다. 대답을 쉽게 듣고 보니 '좀 더 부를 것을……' 하곤 아쉬워했다. 하지만 의심을 살 짓은 그쯤에서 그만두기로 했다.

이후, 진한은 은실이를 통해 돈을 받고도 교회의 헌금함까지 털 계획을 세웠다.

60

그 무렵 진한은 잠시나마 긴장을 했다.

황태자의 모습으로 인물이 출중한 규학의 등장 때문이었다. 짐이라곤 달랑 책뿐이었던 그였지만, 사춘기 소녀도 여자인지라 자신이 은실이를 계속 학대한다면 점잖고 인품도 훌륭한, 의과대학 재학 중에 자발적으로 들어온 그에게 홀라당 마음이 뺏길 것 같다는 예감이 들었던 것이다.

그가 한센병 환자라는 사실에 하나님께 감사기도까지 올린 적이 있다.

권규학. 진한의 라이벌이자 그의 머릿속에 박힌 철저하고 완벽한, 그러니까 "내가 남자라면 나는 권규학 같은" 이라는 전제 하나로 생각을 할 때 "나" 된 진한의 이상형이었던 것이다.

진한은 처음 그를 봤을 때부터 호감을 갖게 되었다. 아주 많이 좋아하고 따랐다. 열일곱 때 그는 스물넷이었고, 연대 의학과에 재학 중이었다가 한센병에 감염된 것을 스스로 알아낸 뒤 제 발로, 소록도를 찾아왔다.

그는 왼쪽 뺨과 귀에 경미한 화상자국처럼 보이는 흔적이 있다. 그 마저도 카리스마로 보이는 묘한 매력의 남자였다. 단순하게 영화배우 뺨치는 외모의 소유자라는 이유는 아니었다. 그의 인격, 지식, 학식, 남자다움 그 모든 것은 진한에게 없는 나머지였기 때문이다.

61

열여덟 살이 된 진한에게 규학은 《지와 사랑》을 추천했다. 그 둘, 규학과 진한의 그림자와 같은 내용의 소설이었다.

아버지에 의해 골드문트는 수도원에 맡겨진다.

성직자가 되기 위해서였다. 골드문트를 맡았던 젊은 선생 나르치스는 골드문트와 누구보다 가까운 사이가 된다.

이후 나르치스는 골드문트에게 "넌 신부가 될 운명이 아니라, 예술가가 맞다"라는 말을 해주는 것으로 골드문트 인생의 결정적인 영향을 끼치게 된다.

골드문트는 수도원을 떠나 조각가가 되지만, 방랑의 삶을 산다. 반면 나르치스는 선망 받는 수도자가 되고 백발이 성성해서는 제1인자가 된다. 그 자리를 떠나지 않고 지켜냈다.

선생 나르치스가 제자 골드문트를 수도원을 떠나가게 하는 것이나, 나중 규학이 진한으로 하여금 소록도를 떠나도록 내버려둔 것은 어찌 보면 비슷한 맥락이다.

진한은 그 책의 다른 내용들은 모두 잊어도 두 사람의 우정, 죽음을 코앞에 두고 나르치스를 찾아온 골드문트가 나르치스 앞에서 생을 마감하는 대목은 심상에 새겨 넣었다.

62

진한은 규학에 대한 호감을 적극적으로 표현했고, 무척이나 아꼈다. 마치 나르치스가 골드문트를 아낀 것처럼 그러했다. 당연히 그것을 숨기지 않았다.

반면 규학은 진한을 실재(實在)가 아닌 것처럼 기차 안과 밖에서 마주보는 사람처럼 대했다. 그는 기차에 앉아 정면을 바라보고 진한은 창밖에서 그를 바라보는 것처럼.

진한이 창문을 두들기면 쳐다보기는 해도 어떤 말이나 반응은 하지 않았다. 진한이 일부로 입모양을 크게 만들어 큰 소리로 말을 해도 귀를 기울이기는커녕 창문을 여는 흉내도 내지 않았다. 말하자면 규학은 진한의 그 어떤 것에도 관심을 두지 않았다.

물론 진한은 단 한 번도 그를 다른 한센병 환자처럼 대한 적이 없었다. 그의 야트막한 상처가 그를 썩어문드러지게 만들고 있다는 것조차 까맣게 잊고 있었다. 그에게 생긴 상처는 전쟁에 나가 격렬하게 싸우고 돌아온 개선장군에게서나 볼 수 있는 훈장처럼 여겼다.

그만큼 규학은 완벽했다.

그가 한센병 환자여서 자신에게 다가오지 못하게 했어도 진한에겐 그 말이 와 닿지 않았다. 다른 환자들처럼 두려워하거나 외로워하는 것을 찾아볼 수 없었다. 삶의 여백 또한 없어 보였다. 다만 자신에게 주어진 인생의 독주를 꾹꾹 눌러 담는 필사의 노력에 경외심이 느껴졌다.

강 목사는 그런 진한을 못마땅하게 여겼다.

규학을 바라보는 진한의 눈빛이 자신을 보는 눈빛과 사뭇 다르게 정이 뚝뚝 떨어졌다. 강 목사는 규학을 보는 진한의 눈빛에서 '소돔과 고모라'를 연상했을 정도였다.

진한이 규학을 좋아하고 아낀 범위나 수위가 어느 정도였을지 가늠되는 대목이었다.

63

고등학교 3학년으로 올라가는 그 겨울, 방학이 시작되던 날 밤. 진한은 교회 헌금함을 털었다. 그리고 그 장면을 규학에게 들켰다. 규학은 여전히 아무런 반응도 보이지 않았다. 돈을, 그것도 하나님의 것을 훔치는 데도 말이다.

나쁜 짓을 하고 있을 때 어떤 사람의 기척이, 그리고 들켰다는 것을 알아버린 순간에 진한은 그대로 굳어버렸다. 심호흡을 함과 동시에 아주 많은 생각이 머릿속을 유영할 찰나, 규학은 주머니에 양손을 찔러 넣은 채 진한을 바라보기만 했다. 배고픈 장발장에게 기회를 준다면 이번에는 용서하리라 마음먹은 덕망 높은 신부라도 된 듯이 그랬다.

진한은 별안간 화가 치밀어 올랐다.

벌떡 일어나며 움켜쥐었던 돈을 바닥에 내동댕이쳤다. 규학은 여전히 미동도 없이 다만 바라보기만 했다.

한 숨, 두 숨, 세 숨.

진한은 등신처럼 자신이 바닥에 내동댕이쳤던 돈을 서둘러 주워서는 두어 걸음을 뒷걸음치다 냅다 내달리기 시작했다.

은실이를 통해 마련한 자금과 교회의 헌금함을 훔친 진한은 그 길로 소록도를 탈출했다.

진한에 대한 아버지 강 목사의 강압적인 신앙은 결국 그의 아들로 하여금 한센인들에 대한 증오심으로 발전하여 소록도를 탈출하도록 만들었다.

선장은 목사의 아들이고 심부름을 간다는 그럴싸한 진한의 거짓말에 직접 손을 잡아당겨 통통배에 태워줬다.

진한은 통영으로 걸음을 옮겼다. 누나인 진영을 만나기 위해서였다. 그녀는 일 년 전에 결혼을 하면서 소록도를 떠났다.

그러나 진한은 진영의 집에 머무를 수가 없었다.

소록도에서 온 진한은 진영의 시댁 식구에게 환영받지 못할, 아니 소개조차 할 수 없는 금기어의 잔가지였다.

64

진한은 자신이 소록도에서 사라진 것을 안 후, 은실이 어떻게 나올지는 생각하지 않았다.

'나한테 돈 준 것을 말할까?'

잠시 그런 생각을 했으나, 더는 깊게 생각하지 않기로 했다.

통영에서 다시 발길을 돌린 진한은 무작정 서울로 향했다.

일자리를 찾기 시작했다. 하지만 소록도에서 왔다는 이유로 멀쩡한 그를 어디서도 써주지 않았다. 하는 수 없이 진한은 물어, 물어 상진을 찾아갔다.

상진은 소록도에서 미감염아로 태어난 진한의 동갑내기 친구였다. 그는 열일곱 살이 되던 해 소록도를 나와 자립을 했다. 진한이 부모에게 반항한 반면, 상진은 부모를 누구보다 애틋하게 여겼다. 그 짠한 감정을 가진 상진은 서울에 올라오자마자 "부모는 한국 전쟁 때 죽었다" 둘러댔고 소록도의 '소'자는 입 밖으로 꺼내지 않았다. 그 덕에 공업사에 취직할 수 있었다고 했다. 진한이 물었다.

"그런 생각은 어떻게 했냐?"

"응, 강 목사님."

놀랍게도 상진의 입에서 나온 사람은, 그 지도자는 진한의 아버지 강 목사였다. 그 소리를 듣는 순간 진한의 뇌리엔 그리스도의 사랑으로 어쩌고 하던 강 목사의 이야기가 또다시 가식적으로 다가왔다. 물론 상진은 진한과 달리 그것을 한없이 고맙게 생각했다. 진한은 기가 차서 더 이상 말하지 않았다.

진한이 할 수 있는 일이란 공사판에서 막노동을 하는 일밖에 없었다. 그것도 일이라고 막노동이 천직인가 싶을 무렵, 그만 짐지게를 지고 넘어지는 바람에 3개월간은 꼼짝없이 움직일 수 없었다. 진한은 일을 하지 못한다는 것이 불안하기는 했으나 원 없이 그림을 그릴 수 있다는 점에 한껏 고무되었다.

65

누나 진영으로부터 한통의 편지가 날아온 것은 진한이 집을 떠난 지 육 개월 될 무렵이었다. 아버지가 아프다는 내용이었다. 적어도 죽을 때까지 후회할 짓은 하지 말자는 생각에 진한은 소록도로 돌아갈 것을 결심했다.

그런데 이상했다. 소록도로 다시 돌아갈 것을 결심하고 나자 진한은 왠지 모르게 마음이 이상했다.

솔직히 말하자면, 진한은 강 목사가 '죽었으면' 하는 바람이 없지 않아 있었다. 그러다가도 '내가 이 정도로 악한 놈인가' 하는 마음이 들라치면 깜짝 깜짝 놀라기도 했다.

열아홉 살. 돌이켜 생각해 보니 자신의 삶인데도 불구하고 십대 전체를 쫓기듯 눈치보고 발악하고 벗어나려 했던 게 전부였던 것 같았다. 자신의 의지가 아닌, 아버지 강 목사 타인에 의해 그런 삶을 살아왔다는 것이 진한으로선 억울하기까지 했다.

한센인들 또한 억울하기는 마찬가지.

그러고 보면 한센인과 진한에겐 같은 게 딱 하나는 있었다.

인정하고 싶지 않지만, 딱 하나는 같았다.

억울함, 뭐 그런 거.

66

진한이 소록도에 도착했을 땐, 그 새 호전이 되었는지 강 목사의 모습이 예전과 별반 달라 보이지 않았다.

"괜찮으세요?"

마침 예배당을 나서는 강 목사와 마주친 진한이 먼저 입을 열었다. 진한은 사실 그것을 물은 게 아니었다. 육 개월의 공백이 어색해 딴전을 피우고 싶어서였다.

"왔냐?"

뜻밖이었다. 강 목사 또한 진한과 마찬가지로 딴전을 피우고자하는 듯했다.

'어라, 뭐지?'

진한이 예상했던 것은 강 목사가 다른 식으로 접근해오는 것이었다. 늘 하던 당신의 방식대로. 강 목사의 뜻밖의 반응이 마냥 반갑게 느껴지지 않은 이유였다. 파편적인 호기심이 들었지만, 더는 생각하지 않기로 했다. 진한이 강 목사에 대한 오만 가지 생각을 간추려 얻은 결과는 한 가지였다.

'꿍꿍이가 있을 거야.'

그날 밤, 진한은 쉽사리 잠들지 못했다. 강 목사 때문이기도 했고, 자기 때문이기도 했다.

67

진한이 소록도로 돌아오기 두 달 전, 은실이는 소록도를 탈출하다 익사했다고 했다. 아무도 은실이의 죽음에 대해서 의문을 갖지 않았다. 탈출을 하다 죽은 사람들은 허다했고, 모두가 "그럴 만하다"고 여겼던 것이다. 은실의 가족도 마찬가지였다. 딸이 죽었다는 소식에 '유품들을 모두 태워달라'고 했을 뿐이라고 했다. 아마도 그녀의 가족은 그녀가 소록도로 온 그 해, 장례식을 치렀을지도 모른다.

은실이가 탈출하다 죽었다면 진한을 찾으러 가다가 죽은 게 뻔했다. 자살이라면 또한 진한 때문이었을 터.

진한은 그 부분에 대해서는 깊이 생각하길 꺼려했다.

인정하는 과정이 남아있기 때문이다. 인정을 하는 일은 두렵고도 중요한 과정이었다. "그렇습니다. 맞습니다" 하면 되는 것이지만, 자신이 저지른 모든 것을 사실로 인정하는 일은 쉽지 않은 일이었다.

용기일까, 양심일까.

용기는 거짓으로 움직일 수 있다. 가짜 용기, 가짜 양심.

물론 인정도 거짓으로 가능하다. 그래서 사람에게는 최후의 심판자가 필요한 것일 테니. 속이는 걸 훤히 아는, 심지어 본

인 스스로가 속이고 있는 감정의 밑바닥을 까발려놓는 능력
자. 그러니 자신이 심판자의 자리에 있지 않고서야 인정할
까닭이 없었던 것이다.

만약, 만약에 지금이 그 자리라고 친다면 진한은 인정이란
것을 하고 싶었다. "은실이는 내가 죽였다. 단 한 번도 은실이
를 좋아한 적이 없었다"라고. 덧붙여서 모든 게 다 가짜라 해
도 은실이의 기억 속만큼은 진실이길 진한은 간절히 바랐다.

"강진한은 나를 정말로 아끼고 좋아한다."

진한은 처음이자 마지막으로 눈물을 흘렸다. 심판이 두려워
서가 아니었다. 은실이에게 진심으로 미안했기 때문이다. 죄
책감에 타닥타닥 마른 나무가 타들어가는 소리가 가슴을 뚫
고 나왔다.

68

강 목사로서는 가출했다 돌아온 진한의 서울 생활이 궁금
했다.

규학에게는 진한이 무슨 말을 하지 않았을까 하는 생각에
근황을 물어보지만 소용없는 일이었다. 언제나 그랬듯, 규학
은 모호만 미소만 지었던 것이다.

진한은 그런 강 목사가 아들에 대한 혈연적인 애정은 요만

큼도 품고 있지 않다고 여겼다.

하지만 아니었다. 강 목사는 진한의 어린 시절의 성격, 예민하고 감수성이 발달되어 심성이 여린 것에 대해 알고 있었다. 다만 아들 앞에서 "너는 이러이러한 성격이다" 라고 표현하지 않았을 뿐.

규학과 마주 앉은 자리에서 "이 아이는……"이란 표현을 시작으로 진한에 대해 이야기를 시작했던 것이다.

뜻밖이었다. 진한은 의아한 표정으로 강 목사를 바라보았다.

'아버지는 나의 성격을 어느 정도 알고 있다. 전혀 몰라준다고 생각했는데.'

그 생각과 동시에 '알면서도 어째서 왜 그렇게 나를 대했나?' 하는 애증이 물밀 듯 끼쳐왔다.

진한은 결국 강 목사의 뜻대로 신학대에 가겠다는 결심을 했다. 돈이 없으면 얼마나 힘든지를 육 개월의 서울 생활을 통해 이미 알아버린 그였다. 규학의 설득으로 신학을 하기로 결심한 게 아니라, 소록도를 제대로 탈출할 구체적인 방법을 쥐어짜다 보니 그것밖에 없겠다는 결론을 내렸던 것이다.

일 년간 미친 듯이 공부를 했다.

69

진한은 "나를 보호하는 존재는 나 자신 뿐이다"라는 것을 알았다. 또한 한센병을 앓는 사람들이나 그 병 자체는 더 이상 공포의 대상도 아니란 사실도 알았다.

그렇다고 공포의 대상이 사라진 것은 아니었다.

오히려 더 큰 공포가 있었는데 그 섬 자체였다. 목사가 되기 위해 잠깐 그 섬을 떠났다가 다시 돌아와야만 하는 섬. 아버지 강상구가 입버릇처럼 말하는 그 "주셨음"에 대한 압박감이었다. 아들을 주셨음을, 하늘 아버지가 주신 독생자 아들 말고 진한 그 자신. 아버지의 허리에서 나온(성경인용—유대인 정통적인 표현) 자신 말이다.

그리고 자신의 사명을 기업의 유산처럼 진한에게 물어보지도 않고 던져줬는데 그 조차도 "아들이 능히 감당할" 사명을 주셨음을, 그래서 감사하다고 가족 예배 중에, 개인기도 중에 생물학적인 아버지 강 목사는 늘 입에 달고 살았다. 일부러 진한이 들으라고 하는 메아리처럼 들렸다.

그럴 바엔 유대인 전통 기도 자세처럼, 예수님이 그렇게 기도했듯이 하늘을 우러러 보며 양팔을 벌려서 또렷하게 말을 할 것이지, 진한이 뒤에 있는 걸 모르는 척 시침 뚝 떼고

날마다, 날마다, 날마다였다.

"이건 네가 할 기도다"라는 것을 주문을 걸듯.

진한은 자신의 생각과 아버지 강 목사의 언어 사이에 놓인 심연에 소스라쳤다. 때마침 가슴을 훑고 지나간 낮은 바람에 그는 몸을 부르르 떨었다.

결국 아버지 강 목사의 꿍꿍이는 그거였던 것이다.

70

"근데요, 아버지가 얼마나 갈 거 같아요?"

진한은 병문안을 온 교인들에게 다짜고짜 말을 던졌다.

예상치 못한 진한의 질문에 사람들이 놀란 표정을 지었다. 약속이라도 한 듯 모두가 "쉿!"하는 동작을 했다. 동작이 거슬렸다. 진한의 눈엔 그것이 주먹으로 입을 가리는 것처럼 보였기 때문이다. 뭉그러져 손가락이 없었으므로.

"목사님 의식 있으셔. 지금 주무시는 거야."

진한은 너무 솔직한 게 문제였다. 가식이 전혀 없다. 그러니 병석에 누워 있는 아버지를 앞에 두고 그런 말을 할 수 있었던 것이다. 하지만 다른 사람들 입장에선, 설령 그 말에 아무런 감정이 실리지 않았다 하더라도 이해할 질문이나 답이 아니었다.

사람들의 눈빛이 싸늘해졌다.

진한은 그 분위기와 공기가 너무나도 무겁게 느껴져 밖으로 나와 버렸다. 하지만 뒤통수에도 눈이 달린 것인지, 밖으로 나오는 진한의 뒤통수가 뭔가에 공격을 받고 있음이 느껴졌다.

진한은 그 길로 그림을 자주 그리던 곳으로 발걸음을 옮겼다.

멀리서 소록도를 향해 오는 제비배가 눈에 잡혔다.

'또 누군가가 오는 모양이네.'

아니나 다를까, 오래 전에 봤던 익숙한 장면이 오버랩 됐다. 병원장 차까지 따라붙는 모양새가 딱 그때와 흡사했다. 은실이.

진한은 서둘러 그곳으로 달려가기 시작했다.

71

오드리 헵번 혹은 그레이스 켈리를 닮은 여자가 배에서 내렸다.

진한의 눈엔 딱 그랬다. 가까워질수록 더더욱 그녀들을 닮았다.

'서울에서도 저만한 미인은 본 적이 없는 거 같은데.'

진한은 혼잣말을 하면서 두어 걸음 더 그녀에게 다가갔다.

당장이라도 화폭에 담고 싶은 충동이 들만큼 아름다운 그녀였다.

유은하. 새로 온 스물 두 살의 간호사였다.

진한은 그녀에게 인사를 건넴과 동시에 그녀로부터 짐을 빼앗다시피 해 성큼성큼 병원 본관으로 향했다. 강 목사를 병문안 왔던 사람들이 돌아가다 그런 진한을 목격하고는 혀를 끌끌 찼다.

"어릴 땐 안 그러더니, 정말로 신앙이라는 건 유전이 아니란 말이지요. 사무엘 아들처럼 될까봐 걱정되네요.(이스라엘 구약의 마지막 제사장. 사무엘의 두 아들이 방탕하여 하나님의 벌을 받고 둘 다 죽게 되자, 이스라엘은 초대 왕 사울을 세워 왕권시대를 연다.)"

"에구, 집사님. 무슨 말씀을 그렇게 하시나…… 사람 일은 아무도 모르는 거랍니다. 진한이의 어머니, 아버지의 기도는 언젠가는 이루어주신다고요."

72

은하가 규학을 처음으로 본 것은 규학이 경증 환자 줄에 서서 약을 타갈 때였다. 멀끔해 보이는 그가 한눈에 잡혔다. 은하가 잠시 넋을 잃고 규학을 보고 있자 옆에 있던 김 간호사가 은하를 힐끔거렸다.

"의사나 학교 선생인 거 같지? 저 이도 환자야. 환부가 요기, 요기라서 잘 안 보여서 그렇지. 자기도 저 이한테 그냥 눈이 가서 본 거지? 응?"

'뭐야' 하는 표정의 은하가 규학에게서 시선을 거두었다.

"저 이는 세브란스 의과에 들어갔다가 병에 걸려서 제 발로 왔다 하더라고."

은하는 김 간호사의 이어진 말에 저도 모르게 고개를 끄덕였다.

'의대에 다녔구나.'

73

사람이 괜찮고 좋아 보이면 그 사람의 사소한 말이나 행동이 대단해 보이기 마련이다.

어느 날 은하는 그간 소록도에 도착해 자신이 처방으로 썼던 약을 서울로 되돌려 보내기 위해 정리를 하고 있었다. 부작용에 이러저러한 현상이 나타나 더는 쓸 수가 없었다.

라면박스만한 약 상자를 봉하고 테이핑을 치는데 그만 박스바닥에 넣을 처방 효과에 관한 보고서 서류를 빼먹었던 것이다. 서류를 넣으려면 뜯어서 약을 죄다 끄집어내고 처방서

류를 바닥에 깐 다음 다시 약을 가지런하게 담아야 했다. 그
러자니 윗부분을 두 번 봉한 자국이 생길 텐데, 이는 곧 칠
칠맞게 일을 했다거나, 누군가가 뜯어보고 다시 봉했다는 오
해를 사기 십상이었다.

설상가상으로 배가 떠날 시간도 코앞이었다.

은하가 허둥대며 벽시계를 바라보는데 약 처방 순서를 기
다리며 은하를 보고 있던 규학이 다가왔다.

"상자를 뒤집어서 아래를 뜯고 서류를 넣으면 되겠네요."

순간 은하는 규학이 대단하게 보였다. 얼토당토 않는 존경
심마저 생겨버렸다.

규학이 알아챘는지 어깨를 한 번 으쓱해 보이고는 수간호
사에게 약봉투를 받아들고 돌아서갔다. 김 간호사와 장 간호
사 또한 은하와 같은 감동을 먹은 표정이었다.

"저걸 완벽하다고 하는 거지. 에휴, 내가 십년 만 젊었더라
면."

"어머. 완벽한 건 아니지요. 저 분은 환자라구요. 난 저 사
람이 멋지긴 해도 그런 생각은 안 하네요."

"안 그런 사람들도 있어. 간호사랑 결혼한 사람두 있는
걸?"

"어머, 정말요?"

수간호사는 누가 들을까 "쉿!"하며 손가락을 입에 가져갔다.

"절대 비밀이야."

"걱정 마세요."

둘의 대화를 들으며 박스에 테이프를 붙이던 은하의 얼굴
이 저도 모르게 붉어졌다. 살짝 입 꼬리를 말아 올려 웃음을
터뜨렸다.

74

은하는 수간호사와 함께 구급상자를 들고 경증 환자들의
노역장으로 달려갔다. 노역장에서 경증 환자 하나가 숨을 헐
떡거리며 호흡곤란이 왔다는 소식을 받았기 때문이다.

은하와 수간호사가 노역장에 도착했을 때는 규학이 상태를
체크하고 있었다. 함께 일하던 사람들은 사람이 죽었다고 아
우성이었다. 호흡이 없었다. 은하가 옆에 가서 동공을 체크해
보니 죽은 상태였다.

"대바늘, 빨리 대바늘 주세요."

규학은 황급히 소리를 지르며 은하가 들고 있던 구급함을
열고 알코올을 경증환자 심장에 들이 부었다. 그러고는 명치
쯤에 대바늘을 꽂아 기도삽관을 했다. 그러자 죽은 줄 알았
던 사람의 호흡이 돌아와 언제 그랬냐는 듯 벌떡 일어나 앉
으며 깊은 숨을 몰아쉬었다. 호흡이 열렸던 것이다.

지켜보던 사람들은 하나 같이 환호성을 질렀다.

'의대 2년으로 공부를 그만 둔 것은 아닌 거야. 틈틈이 관

련된 서적을 본 게 틀림없어.'

은하는 자신의 생각을 확신하듯 연신 고개를 끄덕였다.

관심이 갔고, 마음도 자꾸만 그에게 달려갔다.

하지만 규학은 은하에게 있어 쉬운 사람이 아니었다. 말을 좀 걸면 경계를 했다. 뭘 말해도 뚱한 반응인데, 의학서적 하나를 건네주자 책에 시선을 고정하고 은하를 바라봤다.

"빌려주는 겁니까?"

드디어 그가 말을 걸어왔다.

"천천히 돌려주세요."

은하는 분명 그렇게 말했다. 천천히 돌려달라고. 첫 술에 배부를 수 없듯 뭐든 차곡차곡, 천천히 시작하는 것이 순리이기에 조급해하지 않기로 마음을 다잡았다.

75

"빨리 대바늘 달란 말이야."

동틀 무렵, 원무실은 갑자기 활기가 돌았다. 지쳐 있던 간호사들은 수간호사가 전날 규학의 기도삽관 목격담을, 상황재연 하는 모습에 웃음꽃을 피웠다.

두 명의 간호사는 양손으로 볼을 감싸고 "어머나!", "어떡해!" 등의 감탄사를 연발하며 피곤을 날리는 듯했다.

반면 은하는 모호만 표정으로 나지막이 웃기만 했다. 수간
호사가 재밌는 것인지, 아님 규학을 생각해 웃는 것인지 가
늠이 되지 않았다.

"빨리 대바늘 달란 말이야!"

수간호사가 또 다시 속닥이며 규학이 소리치는 장면을 흉
내 냈다. 이번에는 쇳소리였다.

"존댓말 했어요."

은하가 식은 고구마를 오물오물 씹으며 속닥거렸다.

"알았어, 알았어."

수간호사는 은하의 말에 대꾸를 하며 갑자기 은하를 쳐다
보았다. 은하도 수간호사를 바라보았다.

"은하 씨 뭐해? 자기가 숨 끊어진 그 사람이라니까?"

"아, 알았어요."

은하는 서 있는 채로 팔을 축 늘어뜨리고 고개를 떨어뜨렸다.

"그리고는 이렇게 해서."

수간호사가 뭔가를 쥔 주먹 모양으로 은하의 명치를 찌르
는 흉내를 내자 은하가 눈을 번쩍 뜨며 "후하~" 하고 숨을
내몰아 쉬었다. 간호사들은 일제히 "와~" 하며 소리 없는 박
수를 쳐댔다.

"멋있다. 수간호사님 입가에 묻은 고구마 재까지 멋있어 보
여요."

그때 근무를 교대하기 위해 장 간호사가 들어오자 수간호
사는 기다렸다는 듯이 장 간호사의 팔목을 잡았다.

"장춘봉 여사. 어제 무슨 일이 있었는지 알아?"

"거참 시끄러워서. 사람 두 번 살리면 왕 되겠네."

의자에 기대어 잠시 눈을 붙이고 있던 병득이가 빈정거리며 일어났다.

"빙득 씨는 더 주무시지요?"

수간호사가 입을 삐죽거리자 병득은 눈을 감은 채 콧방귀를 뀌었다.

"의대 좀 다녀봤다고 설쳐대는 꼴이라니. 호랑이가 없으면 여우가 왕 노릇 그 짝 아니냐고. 가관도 아니야."

"글쎄요. 제 눈에는 요기가 좀 다친 잘난 호랑이 한 마리랑 여우만 득실대던 걸요?"

"뭐야?"

한바탕 할 작정인지 병득은 자리에서 벌떡 일어났다. 하지만 자기 귀 언저리를 톡톡 가리키는 은하의 모습에 그대로 주저앉았다. 간호사들이 킥킥거리며 밖으로 나갔다.

"다른 간호사가 그랬다면 난리쳤을 거야."

성격 좋고 환자들에게 헌신적인 은하는 누구에게라도 사랑을 받았다. 동료나 환자들에게는 그렇다 치더라도 드세고 악랄하다는 병원 남자직원들도 그녀에게는 함부로 하지 못했다.

물론 그녀를 대하는 원장의 태도가 남달랐던 것도 없지 않아 있었다. 원장은 은하가 필요하다는 것이 있으면 뭐가 됐든 득달같이 사 날랐다. 곳곳에서 이상한 눈초리로 보는 이들이 생겨났다.

그중 하나가 병득이었다. 물론 그는 은하에게 사심을 품고 있기도 했다. 우락부락한 그의 체격은 환자들 뒷덜미를 두어 명 잡아 나르기 좋았고 성격은 포악했다. 그래서 동료들은 꼭 필요한 말이 아니면 그와 말 섞기를 꺼려했다. 간호사들이 그의 힘이 필요할 때 눈치를 봤던 이유가 여기에 있다. 더구나 환자 수송을 요청하면 환자들에게 어찌나 함부로 대하는지, 간호사들을 난감하게 만들 때가 한두 번이 아니었다.

간호사 가운데 수간호사 김옥자 말고는 그에게 이래라 저래라 하는 사람은 없었다. 병득이 수간호사에게 만큼은 고분고분 한 이유는 그의 모친을 여러 번 살린 은인이기 때문이다.

그의 모친은 온순하고 성품도 좋았다. 부친 또한 청렴했던 사람으로 소문에 의하면 독립운동을 하다 죽었다고 했다.

'어디서 저런 게 태어났지!'

수간호사는 가끔 병득을 보면 드는 생각이었다.

병득은 밭뙈기 많은 집안의 데릴사위로 들어가 처가 재산을 슬슬 당기고 돈놀이도 하면서 재산을 불려나갔다. 그러던 중에 은하를 보게 되었는데 세 살 연상의 마누라와 살다가 자기보다 열 살이나 어리고 예쁜 간호사의 톡 쏘듯 뱉는 말들을 접하게 되니 뭔가가 색달랐다. 묘하게도 심장을 쿵쾅거리게 만들었던 것이다.

"그래도 뭔가 걸려. 그게 뭔지 모르겠지만."

76

유은하. 소문에는 잘 나가던 병원에서 근무를 하다가 소록
도로 왔다고 했다. 그 외에는 알려진 바가 없었다. 사실 섬사
람들은 다른 사람의 일엔 관심을 두지 않고 사는 편이었다.
바람결에 혹은 입에서 입으로 전해지는 소문을 들으면 그랬
나보다, 할 뿐이지 굳이 이러쿵저러쿵 관여하길 꺼려했다.

그런데 이상한 것은 그녀의 태도였다.

입에서 입으로 흘러 듣기를 은하가 봉급 세 배를 받고 섬
으로 왔다는 것은 공공연한 비밀이 되었는데 누군가 그것을
확인할라치면 펄쩍펄쩍 뛰는 것이 이상했다. 봉급을 세 배를
받든, 다섯 배를 받든 그만한 능력이 되어서 받는다면야 나
쁠 리가 없는데 그것이 뭐 그리 쉬쉬할 일이라고 펄쩍펄쩍
뛰는지.

유독 그 부분에 있어 민감한 은하였기에 그녀에 대해 점점
고개를 갸우뚱하는 사람들이 늘어가기 시작했다.

77

늦은 밤, 환자를 살피느라 지친 표정의 은하가 원목실로 들어섰다. 다리가 너무 아팠다. 의자에 기댄 채 주먹으로 종아리를 두드리며 무거운 눈꺼풀을 살짝 내려놨다. 금방이라도 깊은 잠의 수렁으로 빠져들 듯했다.

"사람들이 하는 말에 신경 쓰지 말아요."

깜짝 놀라 눈을 떠보니 그녀의 눈앞엔 진한이 서 있었다.

"그만큼 일하면 그 정도는 당연히 받는 거 아닌가요? 억울하면 본인들도 그렇게 일을 하면 되는 거죠. 배고프죠?"

진한이 옥수수를 내밀었다.

은하는 가볍게 대꾸하며 진한이 내민 옥수수로 눈길을 돌렸다.

"사실로 따지자면 보람은 있을는지 몰라도 참 재미없게 사는 거 같아요."

"그렇지 않아. 기분 좋은 일도 많아."

"어떤 거요?"

"갑자기 공기가 달라지는 그런 분위기. 같은 곳이라도 그렇게 느껴질 때가 있어."

은하가 옥수수를 받아든 채 가만히 웃었다.

"나도 그럴 때가 있어요. 그러니…… 어떤 존재를 발견하게
되면……."

진한은 은하와 눈길이 마주치자 말끝을 흐렸다.

"그게 사람이든 꽃이든 어제랑 다른 햇살을 발견할 때. 그
런 거요."

"응, 맞아. 그러고 보니 우린 뭔가 통하는 걸?"

은하의 말에 진한은 얼굴을 붉히며 멋쩍은 듯 웃었다.

사실 소록도의 일상은 봉사와 희생정신이 아니면 견딜 수
없다. 각오하고 왔지만 은하도 지치는 건 당연했다. 지금은
그렇다하더라도 백발이 성성해질 즈음엔 자부심도 느끼겠지.
그날을 생각하며 견뎌보자.

그리고 얼마 후, 규학이라는 사람을 보게 된 것이다.

말 그대로 봤을 뿐이다. 어떤 교감이나 기대에 대해서는
모르겠다. 환자들 틈바구니에 있다가도 그를 보게 되면 언제
든 기분이 좋아지고 환기가 되었던 것이다.

우연이라도 그를 보면 가슴이 마구 마구 두방망이질을 해
댔다.

각자가 다른 일을 해도, 규학이 다른 사람과 있다 해도, 같
은 공간에 있다는 사실만으로도 가슴이 뜀박질을 해댔다.

솔직하게 말하자면 잘생겨서 눈에 띈 건 맞다.

그러나 은하는 그가 단순히 잘생긴 청년이라서 가슴이 덜
컹거린 것은 아니었다. 들려오는 그에 관한 이야기는 말 한

마디의 진심, 젊은 인생이 겪은 무게감, 이 고립되고 비참한 사람들이 살아가는 곳에서의 사고방식, 폐쇄된 공간에서도 계속 쏟아져 나오는 지식, 그럼에도 겸손함. 어쩌면 자신의 처지가 그렇기 때문에 겸손이 나올지도 모르지만, 그것도 아닌 것이 적어도 규학의 겸손에는 이상하게도 당당함이 묻어져 나왔다. 남자다움. 그런 것에 있었다.

"난 남자다운 사람을 본 적이 없어."

"예?"

"아니."

은하는 저도 모르게 슬쩍 나온 말에 놀라 진한을 쳐다봤다.

스물 두 살의 은하는 짝사랑 중이었다.

78

열아홉 살의 진한도 생전처음 사랑이라는 감정을 경험하는 중이었다. 진한이 규학에게 우물쭈물하며 "여자들은." 하고 말머리를 열었다가 다시 "아니에요."를 반복하자 규학은 스탕달의 《연애론》을 빌려줬다.

진한은 책 제목을 보고 얼굴이 후끈거렸다. 규학은 아무렇지도 않게 진한을 바라보았다.

"표정이 사라지는 사람들, 화를 내거나 웃는 표정도 짓기 힘든 사람들, 웃는지 우는지도 모를 사람들 사이에 섞여 있다 보니, 너와 같은 사람들의 사소한 감정까지 읽어내는 재주가 생겼어. 너한테 분명 필요할 걸?"

"읽어 봤어요? 그보다 이 책을 읽고 도움이 되긴 했나요?"

규학이 돌아보자 진한은 아차 싶었다. 비록 큰 도움을 얻었다 해도 그는 지금 혼자였다. 다시 무안해질 무렵 규학이 웃었다.

"그 당시 내 입장에서는 감정에 대한 이야기라기보다 뇌의 구조란 참 복잡하다, 그것 밖에 없었어. 물론 좋은 책이야. 공감되는 말을 많이 발견한다면 분명히 사랑에 빠진 거지. 그것만 알아도 될 걸?"

진한은 《연애론》의 내용 중 "당신이 찾는 행복은 오직 그 사람만이 줄 수 있다"는 말에 절대 공감을 했다.

79

규학은 사실 은하에게 별 관심을 두지 않았다.

매일이 인생 끝처럼 느끼며 살아야 하기 때문이었다. 활력소라는 것은 적어도 살고자 하는 소망이 있는 사람에게나 필요한 것이다. 사랑이라는 감정을 이미 겪어본 터라 여든 살된 노인처럼, 그러면서도 정말로 여든 살까지 살게 될까봐 두려워 그런 감정은 그리워하지도 않고, 바라지도 않았다. 그마저도 자신의 처지엔 마음의 사치일 테니.

그때의 아련한 기억이 뒷심이 되어서 진한이, 은하를 향한 그의 사랑이 그저 잘 되었으면 하는 바람이었다.

80

강 목사는 규학에게 노역대신 진한의 과외를 맡겼다.

규학은 진한에게 과외를 하게 되면서 더는 노역을 하지 않았다. 이 일을 두고 병원 직원들은 그를 '소록도 황태자'라고 빈정댔다. 음성 판정을 받은 사람들은 미감염아의 선생이 되기도 했는데 몇 년 후 규학도 학교 선생이 되었다.

어느 날 일과를 마치고 숙소로 돌아가는 길이었다.

규학은 어두컴컴한 길 저 편에서 인기척을 들었다. 무심코 소리 나는 쪽으로 시선을 돌렸다. 희미하지만 남녀가 서로 끌어안은 모습이란 것쯤은 구분이 되었다. 차림새로 병원 관계자란 것도 구별해냈다.

그는 잠시 멈칫했다. 못 본 체 하기로 하고 고개를 숙인 채 지나쳐 가기로 했다. 공연히 피해간다고 에둘러가다 보면 점호시간을 넘길 게 뻔했기 때문이다.

규학은 조심조심 걸음을 떼기 시작했다.

그 길은 도주하는 한센인을 훤히 비추는 불빛이 있던 터라 규학이 그들을 못 본 체 하더라도 그들 쪽에서 규학을 볼 수도 있었다. 그들과의 간격이 오 미터로 좁아졌을 무렵 요란하게 몸부림치는 소리가 들렸다. 규학은 자기도 모르게 시선만 돌렸다.

그때였다. 규학은 남자의 큰 몸뚱어리에 밀려 벽에 붙어있는 여자의 시선을 허공에서 맞닥뜨렸다. 은하였다. 몹시 당황한 눈빛이었다. 규학은 서둘러 시선을 거두고 정면을 향해 더 빨리 걷기 시작했다.

"병원장하고 그렇고 그런 사이지? 그렇지? 그래서 까부는 거지? 한 달에 얼마씩 쥐어주는데? 난 그놈보다 돈이 더 많아. 몰랐지? 알았으면 나한테 덤볐겠지."

"도와주……."

은하의 목소리가 삼켜졌다. 규학은 멈칫하고 서 버렸다.

'잘못 들은 걸까.'

규학이 돌아보았다. 큰 몸뚱어리의 남자가 손으로 은하의 입을 막고 있음이 틀림없었다. 은하는 당황한 게 아니었다. 겁먹은 눈빛이었다.

규학은 사선으로 곧장 둘에게 다가갔다.

등을 보이고 있는 남자는 병득이었다. 그는 병득의 어깨를 돌려세움과 동시에 콧대를 쳐버렸다. 병득은 한 바퀴 뱅 돌더니 그대로 쿵하고 넘어졌다. 흰자위가 보이고 입은 반쯤 벌리고 기절을 했다. 은하가 입을 가리고 악, 소리를 냈다.

그러고는 병득과 규학을 번갈아 보았다

"어쩌지요?"

"글쎄요. 잘 모르겠어요."

규학이 어깨를 으쓱하며 말했다.

"어쩌자고 그랬냐고요!"

은하는 한 발을 콩 찍으며 수간호사처럼 쉿소리를 냈다.

"…… 도와달라고 한 건 댁입니다."

"차라리 죽었으면 바다에 던지는데."

"섬뜩하네요."

규학은 병득의 목동맥을 짚어보았다.

"바다는 못 갈 거 같네요."

두 사람은 멀뚱히 서로를 바라보았다.

"난 정말 모르겠습니다."

규학이 일어났다.

"이 사람도 누가 쳤는지 모를 거 같으니 그냥 두고 가면 될 거 같습니다."

"그럼 나는요? 이 사람이 깨어나면 나는 어떡해요?"

은하가 울상이 되었다.

"글쎄요. 다음에 또 그러면 바다에 던진다고 하시지요."

은하가 입을 벌리고 규학을 쳐다봤다.

"점호시간 전에 들어가야 합니다."

81

　병원 직원들이 콧대가 무너진 병득에게 어쩌다가 그리 됐냐고 물을 때마다 병득은 입을 꾹 다물고 딴청을 피웠다. 그래도 틈만 나면 병실과 노역장을 돌며 사람들에게 "손을 내밀어 보라"고 했다. 의아한 표정으로 문드러진 주먹을 내보이면 그는 아무 이유 없이 침을 뱉고 돌아서는 일을 되풀이했다.

　은하는 병득과 마주쳐도 고개를 빳빳하게 들고 지나쳤다. 그를 무서워하지 않았다.

　'이 세계는 나약함이 통하지 않아.'

　은하는 그날의 기억, 다시 생각해도 간담이 얼어붙는 끔찍한 기억 앞에서 스스로를 추슬렀다. 용서라는 것이 타인에게 베푸는 너그러움이라기보다, 흐트러지려는 스스로를 거두어들이는 일이라 여겼기 때문이다.

　병득으로선 당당하기만 한 은하의 모습에 자꾸만 물음표가 붙었다. 아무 일도 없었다고는 해도 그런 일을 겪고 나면 대부분의 여자들은 잔뜩 주눅 들게 마련이었다. 대체 얼마나 대단한 비밀을 간직한 여자인지 궁금해 하며 슬그머니 은하 옆으로 다가갔다.

　은하는 인기척에 쳐다보려 했지만, 흐릿하게 반사되는 트레이에 비친 병득을 확인하고는 시침을 뚝 뗐다. 그녀의 눈엔 신화에 나오는 괴물처럼 보였다. 은하는 자기 팔뚝을 보며 들으라는 듯 중얼거렸다.

"소름 돋아."

은하의 팔에는 정말로 오소소한 소름이 올라왔다. 은하는 딴청을 피우며 주사바늘을 소독했다.

"잘 소독해야 해요. 안 그러면 멀쩡한 사람이 나병에 걸리는 수가 있으니까요."

병득은 침을 꼴깍 삼켰다. 은하가 병득을 쳐다봤다.

"나병균을 현미경으로 본 적 있어요? 보여줄까요?"

그날 이후, 병득은 은하에게 두 번 다시 말을 걸지 않았다.

82

은하가 예배당의 덜컹이는 유리덧문을 조심스레 열자 중간 자리쯤에서 진한에게 수학을 가르쳐주는 규학의 뒷모습이 보였다. 가슴이 떨렸다. 문이 열리는 소리에 고개를 든 진한은 은하가 들어서자 환하게 웃었다. 규학도 돌아보았다. 은하가 조심스레 문을 닫을 때 서로는 눈인사를 했다. 그날 병득이와의 사건 이후, 두 사람에게는 비밀이 생겼다. 비밀이 중요한 게 아니라 "두 사람"이라는 의미가 은하에게는 컸다.

진한은 은하가 신발을 벗고 들어서는 것을 보느라 몸이 15도 가량 기울어졌다. 규학이 진한을 쳐다봤다.

"어이."

진한이 헤벌쭉 웃다 말고 움찔했다.

"마저 풀어야지."

진한은 숨을 내쉬었다.

"네가 잘 푸는지 보여줘야지."

"응. 맞아. 난 수학 잘 하는 남자가 좋더라."

은하는 둘과 조금 떨어진 자리에 앉았다.

"들었지?"

진한은 갑작스레 독립투사의 눈빛으로 미적분을 풀어대기 시작했다. 혈서라도 쓰듯 숫자와 공식을 써내려갔고 규학은 진한의 연필 끝에서 써내려가는 숫자를 머릿속의 숫자와 맞추고 있었다. 은하는 그런 규학의 옆모습을 힐끔거리며 바라보았다. 얼굴선을 찬찬히 바라보다가 귀 언저리의 희미한 환부를 바라보았다. 눈에 뭐가 단단히 씌운 모양이었다. 그 부분만 여인의 분가루를 살짝 바른 듯 보였던 것이니.

규학은 은하의 시선이 느껴졌다.

어디를 바라보고 있는지 알아챘다. 그래서 턱을 괴던 손을 내리며 반대편 팔로 바꾸어 은하의 시선을 막아버렸다. 은하는 무안해서 어쩔 줄 몰라 했다. 규학은 미동도 하지 않은 채 계속해서 진한의 노트만 바라보았다.

"잘 해요?"

먼저 침묵을 깬 것은 은하였다.

"지금까지는 잘 풉니다. 수학을 잘하는 남자네요."

규학의 대꾸로 심각했던 진한의 표정엔 다시 희미한 웃음이 감돌았다.

은하는 규학에게 말을 붙이기 위해 진한을 응원했다.

진한은 은하가 규학에게 말을 걸기 위해 자신을 도구로 여긴다는 생각은 하지 않았다. 진한이 은하를 좋아한다는 걸 눈치 채고 있던 규학은 가만히 웃고만 있었다.

'그래, 나도 그런 감정을 느꼈던 적이 있었지. 그보다 더한.'

스물두 살 무렵, 규학에게는 암묵적으로 장래를 약속했던 여자가 있었다. 드러내놓고 연애감정을 쏟아 부은 적은 없었어도 둘은 마음 속 깊이 아꼈다. 있는 집안에서 태어나 의대에 진학하고 장학금도 받게 되었을 무렵, 규학은 구체적으로 장래를 생각했었다.

바로 그 무렵, 규학은 귀 점막에 상처가 났다. 어찌된 노릇인지 좀처럼 가라앉질 않았다. 염증에 좋다는 약을 발라봤지만 나을 기미가 보이지 않았다. 규학은 불현 듯 나병균을 떠올렸다. 증상이 비슷했다. 많은 생각 끝에 점막을 뜯어내어 샤알레에서 배양균을 키웠다. 며칠 후 나병균 모양이 뚜렷하게 드러나자 그는 뒷걸음치다 주저앉아버렸다.

- 주변 분들에게는 미국으로 유학 보냈다고 말씀해주세요. 서현 양에게는 제가 직접 말하겠습니다.

규학의 어머니는 치맛자락에 얼굴을 묻고 흐느껴 울었고 부친은 담배를 물고 창밖을 바라보았다.

ㅡ 비가 많이 오는데 비행기가 뜰 수 있을까?

부친이 파이프를 다시 입에 물고 중얼거렸다.

며칠 후 규학은 비행기 대신 통통배를 타고 소록도에 도착했다.

일 년이 지나서 서현에게 인편으로 편지를 전달했다.

한국에 왔지만 볼 생각은 없다, 미국인 여자를 만나 결혼을 하게 됐다, 부모님께 인사드리고 바로 돌아가는 길에 아무래도 마음에 걸려서 몇 자 남긴다. 나는 그런 배신자니까 죽을 때까지 미워하고, 부디 나보다 잘난 사람 만나 잘 사는 것으로 복수하라고 했다.

그리고 또 뭐라고 썼던가. 더 이상의 내용은 기억나지 않았다. 그저 편지를 쓰다말고 가슴을 치며 울어댄 기억밖에는.

"어? 형. 나 뭔가 실수를 한 거 같아요. 뭔가 산으로 가는 분위긴데…… ?"

진한이 문제를 풀다말고 멈췄다. 규학은 그제야 흐트러진 시선을 고정했다.

"…… 그러네."

"에이. 왜 그냥 뒀어요?"

"네가 틀리는 과정을 알게 하려나봐. 그것도 공부잖아. 그렇지요?"

은하가 끼어들었다.

"아니요. 난 사실 수학을 잘 못해요."

은하는 문득 멀리 떠밀려진 기분이 들었다.

83

은하는 규학에게 빌려준 책을 돌려받으며 몇 마디 대화를 나누었다. 은하는 그 상황을 몇 번이나 되뇌었는지 모른다. 그 상황, 장면, 내용 하나하나를. 다시 만났을 때 그때의 이야기를 은근슬쩍 꺼내면 그 비상한 머리를 가진 남자는 "내가 그랬나요?"를 반복했다.

그녀는 별 거 아닌 말에 섭섭하고 울고 싶었다.

'그 남자에게 난 겨우 그런 존재인가' 할 무렵, 규학이 불쑥 책 한 권을 내밀며 읽어보라고 했다. 마음 같아선 도도한 표정으로 '그건 이미 읽었어요' 라고 말하고 싶었지만, 마음보다 몸이 먼저였다. 어느새 그녀 손엔 규학이 내밀었던 책이 쥐어져 있었다.

처음 본 책인 데다 무엇보다 규학의 소장품이란 사실이 그녀의 마음을 달뜨게 했다. 핑계 삼아 대화라도 오고가려니, 하는 간절함에 빼앗다시피 받아 들었던 것이다.

그녀는 입술이 부르트기도 했다.

일과 후, 피곤함을 무릅쓰고 읽고 또 읽었다. 핏발 선 눈을 겨우 가라앉히고 규학에게 가서는 "다 읽었다"고 했더니 "책,

괜찮죠?" 라고 말을 하고는 돌아섰다.

"그 책이요, 이방인. 저랑 이야기 할 거 없나요?"

은하는 그대로 규학을 보낼 수가 없었다.

"어떤 이야기를 말합니까?"

"그 책에 대한 기억이나 뭐, 그런 거 있잖아요.."

은하는 규학을 잡아두고 싶어서 횡설수설했다.

"이 책에 대한 기억이라~!"

규학이 책을 좌르르 펼쳤다가 덮으며 말했다.

"소학교 동창 하나가 있었는데 책을 정말 싫어했어요. 운동은 잘했지요. 대학갈 무렵 그 친구가 집에 놀러 와서 책장에 꽂힌 이 책을 보더니 이방인은 여기 있는데 사또전은 어딨냐고 물어보더라고요."

은하가 입을 막고 웃었다. 규학은 그때 처음으로 웃는 얼굴로 은하를 바라봤다.

"별 이야기도 아닌데 잘 웃네요."

"웃겼잖아요. 나는 재밌는 사람이 좋아요."

규학은 픽 웃으며 돌아서버렸다.

"내 친구가 웃겨준 겁니다."

규학은 은하가 바짝 다가오면 그런 식으로 물러났다.

다가오나 싶으면 우뚝 멈춰버리고, 그녀가 다가가면 뒤로 물러서고. 더 다가가면 또 멈춰 있더니 어느 순간 고개를 돌려버리는 규학이었다. 은하는 깊은 혼란에 빠졌다.

84

　진한은 규학의 과외 덕분에 검정고시를 합격하고, 부산에 있는 고신대(고신대는 일제강점기 때 신사참배를 하지 않은 교단)에 합격했다.

　마침내, 드디어, 소록도를 탈출하게 된 진한은 아버지 강상구로부터 등록금을 받아 들고, 부산이 아닌, 서울행을 택했다. 말하자면 아버지가 그토록 바라던 신학을 하겠다고 안심시켜 놓은 후, 어릴 적부터 꿈꿔온, 자신의 꿈을 선택했던 것이다.

4 장

이별

85

비밀이란 유통기한이 오래가지 못하는 법.

'쉿, 이건 너만 알고 다른 데서는 절대 말하지 말아야 한다' 하는 순간부터 그 단서와 함께 왁자해졌다.

진한이 신학을 때려 치고 일찌감치 서울로 줄행랑을 친 사실이 강 목사 귀에도 전달됐다. 하지만 어찌 된 일인지 강 목사는 진한의 서울행에 입과 귀를 닫았다. 때가 되면 꼬박 꼬박 인편을 통해 등록금과 하숙비를 보내줬다.

덕분에 진한은 자신이 원하던, 그림 공부에 몰두할 수 있었다.

우천교로부터 아버지가 위독하다는 소식을 또다시 전해들은 건 아버지로부터 세 번째 대학 등록금을 받은 직후였다.

'아버지가 위독하다?'

진한은 아버지가 위독하다는 연락을 받고도 아무런 느낌이 없었다. 속을 그대로 드러내자면 진한은 애초부터 아버지 강 목사의 삶에는 관심을 두지 않았다. 왜? 모른다. 그냥 마음이 그렇게 반응을 했다.

그래도 평생 후회할 일은 하지 않아야 할 것 같다는, 몇 년 전의 생각과 같은 무게를 싣고 마지못해 그곳, 자신이 두 번씩이나 탈출해온 소록도를 향했다.

강 목사는 이번에도 생각했던 것보다, 전해들은 것보다 심각해보이진 않았다. 다만, 네 계절에 십 년은 훨씬 더 늙어버린 듯 눈가와 입가가 우울하게 쳐져 내렸다. 머리카락도 성기고 백발이었다. 새삼스레 진한의 두 손을 모아 쥐는 악력 또한 예전 같지 않았다.

순간 진한은 울컥 했다. 묵은 죄의식이 고개를 드는 것을 느꼈다. 네 계절 만에 십 년을 훌쩍 살아버린 것 같은 아버지 강 목사의 얼굴. 진한에게 세월은 그렇게 눈에 보였다.

진한은 이상하다고 생각했다. 마음이 고장 난 듯했다. 강 목사를 보는 그 하루가 십 년보다 길었던 것은 처음이었다.

86

한여름 햇살이 짧고 짙게 창고 안으로 드리워졌다.

진한은 그 햇살을 따라 비밀스럽게 모아놓은 그림도구들, 정남이 만들어 준 말꼬리 붓과 빛이 바래 돌덩이로 굳어버린 물감들을 작은 상자에 옮겨 담았다. 그러다 문득, 눈에 잡힌 규학의 책들을 보았다. 많은 추억이 담긴 책들이었다.

'그래도 가끔은 내려와야겠지. 맞다, 선교 여행을 간다고 돈을 더 뜯는 것도 괜찮긴 하지.'

생각이 거기에 미치자 진한은 능청스럽게 웃었다. 그 얼토당토않은 거짓말을 계속하려는 자신이 너무 한심스럽기까지 했다.

진한은 작은 상자를 끌어안고 나가려다 말고 다시 되돌아섰다. 《지와 사랑》. 불현듯 그 책을 가져가고 싶은 충동이 일었다. 책을 품에 넣었다.

'책 도둑은 도둑도 아니라잖아. 용서를 받을 테지.'

진한은 교회가 다가올 무렵 픕, 하고 웃음을 터뜨렸다. 책 도둑질을 한 신학대학생이라.

'그 봐. 차라리 신학대를 안 가는 게 하나님을 덜 욕먹게 하는 거라니까.'

진한은 다시 우뚝 멈춰 섰다. 품속에 숨겼던 책을 꺼내어 들었다.

규학에게 그 책을 달라고 하면 줄 것을. 그는 다시 발길을 돌려 창고로 갔다. 제자리에 꽂아놓고 돌아 나오는 진한의 발걸음이 한껏 가뿐했다. 죄의 무게감이란 그런 것이었다.

87

예배당 현관문이 드르륵 열린 것은, 진한이 예의 작은 상자를 왼쪽 옆구리에 끼고 문을 열려는 순간이었다.

안에서 누군가 모습을 드러냈다. 그러고는 이내 속도를 내어 달리기 시작했다.

무슨 일인가 싶은 진한이 옆구리에 끼고 있던 상자를 팽개치듯 내려놓고 그의 뒤를 부리나케 뒤쫓아 갔지만 잡을 수 없었다.

교회 옆길을 따라 속도를 높여 달리고 있는 그의 등이 그에게 많은 말들을 들려주었다. 그렇게 사라지는 것이 인생이라는 듯이. 규학이었다.

"형!" 하고 부르려는 찰나, 은하의 소리가 허공으로 흩어졌다.

"날 피하지 말아요."

문이 반쯤 열려진 예배당 안으로 진한이 들어서자 은하는 쪼그리고 앉아 무릎에 얼굴을 묻고 있었다.

'지금 무슨 일이 일어난 거야? 그것도 교회에서. 신성한 예배당에서!'

규학의 성품상 그럴 일은 절대로 있을 수 없는 일이었다. 진한이 화가 난 것은 신성한 영역, 자신의 범위 안에 있는 은하가 규학에게 움직인 것이 분명하다는 판단 때문이었다.

"누나, 대체 무슨 일이냐고요?"

"왜 그래요. 좀 전에 나간 거 규학이 형 맞죠?"

은하가 치마를 정리하며 일어났다.

"응."

"무슨 일인데요?"

은하는 처음에 고개를 내둘렀다. 거듭된 진한의 말에 은하는 떫은 표정으로 웃으며 말했다.

"…… 거절당했어."

진한의 머리에 굉음이 울렸다. 그럴 리가 없다는 생각은 완전히 틀린 생각이었다.

"그 사람은 문둥이잖아요!"

마침내 진한의 입에서 거칠게 터져 나온 말이었다. 은하가 깜짝 놀라 진한을 쳐다봤다. 목소리가 높고 거칠어서가 아니었다.

"그 사람이라니, 문둥이라니?"

은하의 표정이 싸늘해졌다. 시비조였다. 진한은 큰 실수를 했다는 것을 그제야 알았다. 은하누나는 규학이 형을 깊이 생각하고 있다. 그래서 이렇게 말한 나를 미워할지도 모른다.

"미안해요, 누나, 정말 미안해요. 규학 형님 말입니다…… 환자잖아요. 아프잖아요."

"안 아파. 아팠던 자국만 남은 거야."

"형이 좋아요?"

진한은 애써 예사 크기의 목소리로 낮춰 물었지만, 기는 그대로 살아 있었다. 더구나 뻔하고 뻔한 답이 올 것을 알면서 묻는 질문이라니.

"…… 응."

"그럼…… 나는요?"

그녀는 아무런 표정 없이, 멍한 눈길로 진한을 바라보았다. 그녀로서는 당연한 반응이었다.

"나를 일초라도 한 순간이라도 남자로 본 적 없어요?"

진한은 그간 은하에게 온갖 좋은 말로, 그림으로 자기 마음을 표현했던 장면들을 떠올렸다.

"내가 공부할 때 응원하러 왔었잖아요."

"그 사람이 그 자리에 있었으니까."

"나 보러 온 적은 단 한 번도 없었어요?"

진한의 말은 무거웠고, 얼굴은 어느덧 침통하게 변해 있었다.

은하는 그의 모습에서 좀 전, 자신이 규학으로부터 거절당한 모습이 투영됨을 보았다. 진한이 안쓰러웠다. 그러나 그것은 분명한 자기애로부터 나온 감정이었다. 그러니까 상처받은 자신이 가여워서 동일한 상처를 받고 있는 이 아이, 진한에게 동질감을 느끼는 것이었다. 단지 그뿐이었다. 그래서 더욱 나쁜 소리는 안 하기로 했다. 그래야 했다. 죄라는 것은 모두 자신에게 부메랑 되는 거니까. 뭐든 뿌린 대로, 심은 대로 거두게 되니까.

"미안해. 그만 이야기 하고 싶다."

은하가 밖으로 나가려 하자 진한은 비켜주는 것도 막는 것도 아닌 자세로 은하를 쳐다봤다.

"형을 정말 좋아해요? 혹시 내가 이렇게 구니까 날 밀어치려고."

"나, 그 사람 사랑해. 아주 많이 사랑해."

은하는 잠시 꿈꾸는 표정으로 어딘가를 바라보았다.

"그 사람의 살이 더 썩어 들어가도. 악취가 나는 날이 온다 해도. 나는 그 썩은 살덩이까지도 사랑해.”

“내가 그렇게나 아꼈는데. 야간 근무 혼자 설 때마다, 내가 누나를 보호해줬잖아요. 드센 문둥이들 방에 들어갈 때마다, 주사를 놓을 때마다 발광하고 덤벼드는 그 사람들한테 내가 보호해줬잖아요!”

은하는 거의 이틀에 한 번은 밤을 새다시피 하며 환자들을 돌보았다. 처음에 진한은 당연하다고 여겼지만, 다른 간호사들은 정작 그녀가 그렇게 헌신하는 사실을 몰랐다. “왜, 누나 혼자 이 많은 사람들을 돌보냐?”는 진한의 물음에 그녀는 그저 웃기만 했다.

환자를 돌보는 은하의 모습은 천사 같았다.

고통스러워하는 환자들에게 진통제를 놓아주고 열을 재어 보고 상태를 꼬박꼬박 기록하고. 환자들에게 헌신하면 헌신할수록 진한은 그녀에게 나이팅게일 신드롬, 말하자면 ‘인지부조화’를 가졌다.

그러던 어느 날 새벽 아침, 진한은 따뜻한 차를 끓여놓고 조용히 나갔다. 잠든 은하의 머리를 쓰다듬어주고 싶어서였다. 매번, 매순간 그런 감정이 파도를 쳤다. 그런데 그럴 수 없었다. 만약 그렇게 한다면 은하가 더러워질 거 같다는 생각이 들었기 때문이다. 진한은 그 손으로 은실이의 머리카락을 만진 적이 있다는 사실을 떠올렸다.

“…… 그 사람들은 공격하지 않아.”

“그래서 나를 나무라긴 했어도 넌 신사구나, 그랬잖아요.”

"오늘 보니까. 넌 어린 아이야. 갈래. 비켜줘."

진한은 비키지 않았다.

"있잖아."

은하가 진한을 올려보았다.

"내가 그 사람에 대해서 아주 좋은 감정을 키우고 있었을 때, 그 사람은 내 이름이 뭔지도 몰랐던 그때 말이야. 딱 지금의 너처럼 나한테 고약하게 굴던 어떤 남자가 있었어. 등치가 얼마나 컸냐면…… 한병득 알지?"

"…… 알아요."

"완력이라는 것도 뭔지 알지?"

"그 작자가 무슨 짓을 했나요?"

진한이 흥분했다.

"그 사람이 나타났어. 나를 구해줬어."

"지금도 그러나 볼까요?"

"그러렴. 난 내 몸 하나쯤은, 한병득보다 더 큰 놈이 덤빈다 해도 건사할 수 있어. 아닌 거 같니? 그런데 내가 왜 그 사람에게 도와달라고 했을까? 그 사람이라서 그런 거야. 그러니까 비켜 줘."

진한은 뭔지 모를 오싹함에, 오래 전 봉이에게 느꼈던 오싹함에 한참을 그 자리에 붙박였다. 은하의 또각거리는 구두 소리가 점점 멀어져갔다.

88

진한은 그날부터 규학을 미워하기 시작했다.

'연애론을 빌려주면서도 나를 비웃었는지 모르지. 나를 아끼는 척 하면서 내가 감정이 문드러지는 걸 바라는 걸 거야!'

진한이 규학을 미워할수록 은하에 대한 집착은 스스로도 감당할 수 없을 만큼 커졌고, 자기에게 조금이라도 미안해하는 표정조차 짓지 않는 두 사람에 대한 증오심으로 번져나갔다.

규학이 죽게 해달라는 기도까지 하게 만들었던 것이다. 죽지 못한다면 최악의 모습으로 살게 해달라는 기도를 빙자한 저주마저 했다.

아버지 강 목사의 양면성을 혐오하지만 그 피가 어디 가랴.

"그 사람은 나를 사랑하지 않아. 그런데 나는 그 사람 썩은 살덩이까지 사랑해."

은하의 규학에 대한 일관된 앞으로나란히 사랑에 진한은 너무 화가 났다. 좌절된 사랑은 진한으로 하여금 화가에 대한 꿈도 바람처럼 날려버릴 것 같았다.

짐작조차 할 수 없는 아픔과 가늠조차 할 수 없는 분노를 가슴에 켜켜이 쌓은 진한은, 태양이 떠오를 무렵 집을 나섰다. 다신 돌아오지 않을 것을 굳게 다짐하면서.

'대체 그날 무슨 일이 있었던 거지?'

89

"내가 규학 씨 좋아하는 거 알죠?"

작정한 은하의 고백이었다.

"압니다."

규학의 말은 너무나 뜻밖이었다. 오히려 당황한 것은 은하였다.

"고백 참…… 시시하고 황당한 말처럼 되네요. 말하기 전까지는 떨리고 기절할 지경이었는데요."

"정신 차리세요."

은하는 정말 정신이 번쩍 났다. 부끄러웠다.

"그러게요. 부끄럽네요. 여자가……."

"아니, 아니…… 여기는 우선권이 남자에게 달린 바깥세상하고는 달라요."

한센인과 그렇지 않은 사람과의 결합은 주도권이 성별에 따른 것이 아니란 의미였다. 건강한 사람에게 발언권이 있다는 말이었다.

"그러니 부끄러워할 필요는 전혀 없어요. 모욕을 주려는 의도도 없습니다."

은하는 규학의 그 말에 느긋하게 웃어보였다.

"나 그거 이미 다 생각했어요. 규학 씨가 어떻게 나올지도 알았고요. 그런데 '그 문제'라면."

"어떤 설득을 하더라도 내 문제, 내가 처한 상황은 내가 더 잘 압니다."

"아니요, 규학 씨의 상태는 그 이상 커지지 않아요. 설령 규학씨 온몸이, 미안해요. 하지만 설령, 만약에. 아주 심한 상태라 할지라도 동규 아저씨처럼 그 상태였다 하더라도 나는 마찬가집니다. 또 전춘옥 씨처럼 갑자기 번진다 해도 그런 경우는."

은하는 다급해진 목소리로 계속 이야기 했다.

"아니, 아니. 그 이야기가 아니고요, 아니고요…… 난 이곳에 와서 아주 단순해졌습니다. 복잡한 생각은 하고 싶지 않아요. 연애 감정?…… 겪어봐서 잘 알지요. 그걸 누가 마다하겠습니까. 그런데 말이에요. 내 감정 상태는 팔십 먹은 노인과 다를 바 없습니다. 내 말투를 들어보면 모르겠습니까? 만약 이런 이야기를 하면서 핏대를 세운다면 혈기왕성한 청년이 맞겠지요. 살아온 세월은 고작 27년이지만 말하자면…… 괴테한테 미친놈이라 말하는 게 당연한 거처럼 말이지요."

은하는 조급하게 물었다.

"두려워서 그러는 거 아닌가요? 만약 규학 씨와 내가."

그가 또 웃었다.

"뭘 두려워한다는 겁니까? 사람들의 시선? 아니면 내 감정? 아니요. 난 그런 거 하나도 안 두려워요. 내가 두려워하는 건 이 상태로…… 이렇게 계속 나이를 먹어가고 결국은…… 노인이 되겠지만 이런 게 내 인생의 전부가 된다는. 단지 그거 하나 말고는 없습니다."

은하는 규학을 새삼스러운 눈길로 바라보았다.

"먼저 일어나도 될까요?"

규학은 은하에게 물었지만 대답은 필요 없다는 듯 바로 돌아섰다. "나 피하면 안돼요!" 라며 규학의 뒤통수에 꽂은 은하의 말은 한마디로 무어라 말할 수 없는, 복잡한 감정들로 뒤엉켰다. 저만치에 보이는 산의 정적이 왈칵 끼쳐왔다.

곧이어 규학의 가슴을 축축하게 적셔냈다.

한참을 내달린 규학은 은하의 목소리가 멀어지자 갑작스레 쓴 웃음이 터져 나왔다.

"하하하, 당신이라는 사람. 참 솔직한 여자구나. 당신 정말 웃기는 여자야. 가만있어봐. 방금 저 억양. 어디서 들었더라? 맞아. 동란 후 우리 집 대문 앞에서 거의 매끼마다 들었던 그 억양. 한 푼 줍쇼 예?"

규학은 그쯤 되자 땅바닥에 쓰러져 누워 한참을 웃었다.

아무래도 미친 거 같다는 생각이 들었다.

'대체 갑자기 그 생각이 왜 나는 거지?

이렇게 웃어대는 걸 은하가 본다면 뭐라고 할까?'

그래도 웃음이 마음을 비집고 터져 나왔다.

규학으로선 우울한데 기분이 좋아진 이유를 알지 못했다.

다만 어쩌면 오늘은 기분 좋게 잠을 잘지도 모르겠다는 예감이 들뿐.

간신히 웃음을 털어낸 규학은 먼 밤하늘을 올려다보았다. 별들이 무성했다. 좀 더 진해진 어둠 속에서 침묵이 흐르고 있었다.

'바보야. 나한테 구걸 하지 마. 꼭 거지같잖아.'

규학은 눈가에 맺힌 눈물을 꾹 찍어버렸다.

그날 밤, 규학은 밤새 뒤척이며 잠을 이루지 못했다.

거짓말을 한 것도 아닌데 마음이 무거웠다.

그것은 자신이 '나도 사실 당신을 좋아한다'는 말을 빼먹은 것을 알아서였다. 뒤늦은 깨달음이었다.

규학은 그날 밤 열이 오르더니 출근 첫날 결근을 하고 말았다.

91

규학은 희미하게 눈을 떴다 감기를 반복했다. 그때마다 간호사가 움직이는 모습이 보였다.

"…… 은하 씨…… ?"

그는 다시 잠들었다.

또다시 눈을 떴을 때는 온몸이 흠뻑 젖어 있었다. 수간호사가 규학을 내려다보며 능청스럽게 웃었다.

"미남선생님, 내일은 출근 가능합니다. 은하가 아니라서 아엠쏘리."

규학은 얼굴을 붉히며 고개를 돌렸다.

92

예배를 마친 후, 규학은 늘 그래왔듯이 교회 뒷좌석에 앉아있었다. 고개를 돌리지 않아도 은하가 보였다. 은하는 규학을 바라보고 있었다. 시선을 돌린 규학이 은하를 바라보았다. 은하의 시선을 피하지 않았다. 두 달 만이었다.

은하는 얼굴이 밝아졌다. 먼저 웃었던 것이다. 이번에는 규학이 팔짱을 낀 채 다시 앞을 보면서 고개를 숙이더니 가만히 웃었다. 그러고는 자리에서 일어나 밖으로 나가며 은하의 성경책 위에 책갈피를 올려놓았다.

"…… 내가 아끼는 거. 줄 게 이것 밖에 없네."

그는 나지막하게 말하고 서둘러 그곳을 빠져나갔다.

은하는 콧등이 시큰거렸다.

규학이 주고 간 책갈피를 꼭 쥐고 가슴에 끌어안았다. 그러고는 저도 모르게 손등을 눈에 댄 채 울음을 추슬렀다.

권규학. 그는 참으로 불같은 사람이었다. 한 번을 꺼진 적이 없는 사람처럼. "사실은 나도 당신을 좋아한다"는 말을 빼먹었다고, 그 말을 못해 그렇게 앓아누웠다.

그는 은하가 바라던 이상으로, 또 본인도 감당이 안 될 만큼 열정이 차고 넘쳐났다. 단지 할 말을 다해 이젠 편하다 할 줄 알았더니 은하에게 사랑한다고 말한 이후로는 매일매일 그 말을 해야 직성이 풀리게 변해버렸다. 말하자면 그 말을 하기 전과, 한 후의 사람이 다른 사람 같았다. 변신을 한 것 같았다.

그때마다 은하는 "당신 이런 사람이었어요?" 하고 행복에 겨워했다.

"왜 말해놓고 겁을 먹었어요?"

"내가 문을 열어버렸으니까."

"내가 열어놓았던 거지요."

"내가 열어버린 거야. 당신도 알고는 있었을 걸? 그러니
그런 대담한 고백을 하지."

"몰랐어요."

"나한테는 그게 내가 보여줄 수 있는 열정이었는데 그걸
몰랐다니."

"뒤로 스케이트 타는 남자 같았는데."

규학이 느긋하게 웃었다.

은하는 매번 같은 말을 여러 번 시켰다.

규학이 얼마나 자기를 사랑하나, 하는 내용이었다.

듣고 또 들어도 그날의 이야기를 또 해줄 것을 요구했고,
다시 이야기를 해줄 때마다 그녀는 처음 듣는 이야기처럼 매
번 흥미롭고 진지하게 들었다.

"이 말은 오늘 처음 꺼낼게. 내가 당신한테 나도 그렇다
했을 때…… 생각도 안 한 걸까. 안 했겠지. 생각은 며칠 후
에 하기 시작했어. 어쨌거나 속은 시원했어. 해버렸으니까.
내 소원이 뭐였는지 알아?"

"큰 소원, 작은 소원?"

"큰 소원이지, 나한테는. 내가 당신의 머리카락을 만져볼
수 있을까. 잠들었을 때 숨소리를 들어 볼 수 있을까. 집안을
왔다 갔다 하며 혼자 중얼거리는 모습을 가만히 바라볼 수
있을까. 그런 날이 과연 와줄까."

"오고 있어요."

"당신을 얻으려고 별 짓을 다하고 몸부림치는 꼴이 초라하

게 느껴지네. 그럼에도 난 당신한테 열정을 쏟아부어대는 거야."

은하는 가만히 규학을 바라보았다.

말보다는 침묵하고, 실천보다는 생각이 많았던 그가, 말을 하고 실천을 하는 모습에 그녀의 마음이 사뭇 가뿐한 느낌이 들었다.

93

차가운 스텐리스 수술대 한 가운데는 피를 빼는 구멍이 뚫려있다. 얼마나 많은 피를 쏟아내는지, 혹은 하루에 몇 명이 수술을 받는지 짐작조차 할 수 없다. 바닥엔 피가 넘치지 않도록 얇은 담요를 깔아놓았다.

모양 자체만으로도 공포감이 몰려오는 단종수술대였다.

검붉은 피딱지와 피비린내가 진동하는 가운데 팔다리를 묶은 남자 원생들이 질러대는 비명은 섬 전체를 공포의 도가니로 몰아넣기에 충분했다. 허리를 구부리고 살거나, 혹은 하체 마비로 평생을 누워 있어야 하거나, 아니면 실명을 하게 되는 그 이상한 수술을 규학도 피해갈 수 없었다.

"걱정 말아요."

"그렇지. 마누라가 간호산데."

은하와 결혼을 앞둔 규학으로선 좀체 잠을 이루지 못했다.

단종대 위에 누워 정관수술을 받아야 한다는 그 사실에 얼굴은 침통하게 변해 있었다. 근심 걱정이 가득했다. 그러나 통쾌한 일은 따로 꿈틀대고 있었다.

94

규학의 한센병 상태는 거의 멈춰져 있었다.

하지만 매일 복용하는 알약은 빠짐없이 먹어야 했다.

규학은 그날도 약을 타기 위해 줄을 서 있었는데 자꾸만 속이 부대꼈다. 간호사에게 소화제를 함께 부탁해놓고 줄을 서 있었다.

알약을 배급하는 은하와 마주치자 눈인사를 했다.

규학을 본 은하의 얼굴엔 반가운 기색이 역력했다. 고스란히 얼굴에 드러냈다. 잠시 규학에게 손을 흔들고는 주변의 시선을 의식하고 허둥대며 돌아섰다. 그러고는 다시 샐쭉한 표정으로 환자들에게 약을 나눠주었다. 은하는 규학 앞에 이르자 그의 귓가에 대고 뭔가를 속삭였다.

"십분만 잠깐 시간 내줘요. 할 말 있으니까."

95

"아, 답답해. 소화가 안 되나. 참 별일이지."

규학은 벌써 몇 시간 째 명치를 두들기다 숨을 크게 몰아쉬기를 반복했다.

"천하의 권규학도 긴장하나 봐요."

"3주 후잖아. 아마 그런 모양이야."

사실 규학은 그 무서운 단종수술대 생각은 가능한 한 잊으려고 애쓰는 중이었다. 더구나 은하는 외과 소속이 아니어서 수술실에 그녀가 들어올 확률은 제로였다. 피차가 아닌 줄 알면서 겁먹지 말기를, 무사하기를 그렇게 바랄 뿐이었다.

"할 이야기는 뭔데?"

"저기……."

규학이 은하를 바라보며 입을 떼는 순간, 목을 잡고 그대로 꿇어앉았다.

"규학 씨!"

은하가 놀라서 소릴 질러댔다.

"숨…… 을 못 쉬겠어……."

"도와줘요!"

은하가 목청껏 소리를 질렀다. 어떤 간호사라도 절대로 소리를 지르거나 놀라서는 안 된다는 것쯤은 알고 있었다. 그러나 이 사람은 다름 아닌 권규학이다. 그는 "억" 소리도 만들어 내지 못하고 그대로 쓰러졌다. 은하의 비명소리에 수간호사와 의사가 달려 나왔다.

"쇼크, 쇼크!"

은하는 누가 봐도 이성을 잃은 사람 같았다.

멀뚱하니 그 현장을 바라보던 병원장에게 달려가서는 다짜고짜 뭍에 있는 큰 병원으로 가게 해달라고 애원했다. 병원장이 잠시 망설이자 은하는 "이 사람 죽으면 가만히 안 둘 거예요!" 라고 소리를 질렀다.

병원장은 "알았다니까" 라고 말하고는 자신의 차에 그들을 태웠다. 그리고는 때마침 출발하는 통통배가 출발할 때까지 손을 흔들어댔다.

"…… 참 운 좋은 사내네."

은하는 통통배에서 희미한 호흡을 하며 축 늘어진 규학의 머리를 감싸 안고 울어댔다. 배가 섬에서 멀어지자 은하는 천천히 침착한 간호사의 모습으로 돌아왔다. 랜턴으로 규학의 동공상태를 확인하고 목 언저리의 맥박을 손목시계를 보며 체크했다. 그리고 카디건에서 작은 상자를 열어 주사기를 꺼내 들고는 그의 팔 언저리에 망설임 없이 주사(注射)했다.

96

규학이 눈을 떴을 때는 알코올 냄새가 진동을 했다.

"목포 병원이에요."

규학은 미간에 인상을 쓰며 주변을 둘러보았다.

"왜……?"

"쓰러졌는데, 기억 안 나요? 이틀 지났거든요."

"그럴 리가."

"복용하는 약이 다른 사람 것과 바뀌었나 봐요. 미안해요. 상당량이 투여되어서. 미련하지요."

은하는 얼굴을 감싸고 흐느껴 울었다.

"울지 마."

"만약 당신이 죽어버렸으면 난 어쩌라고!"

은하는 과부라도 된 듯 대성통곡을 했다. 감정 표현에 솔직한 은하를 규학은 오히려 사랑스럽다는 듯 바라보았다.

"살았잖아. 괜찮아. 또 봐도 반가워서 실수했던 모양이지. 그런데……."

규학이 은하에게 가까이 오라는 손짓을 했다. 은하는 그에게 천천히 다가가 귀를 쫑긋 세웠다.

"……… 돌아가야 해."

"알아요. 걱정 말아요."

은하의 흥분한 어조였다.

"당신 그 쇼크. 정말 운 좋았어요. 때마침."

"알아. 살았잖아."

이번에는 은하가 규학의 귀에 대고 속삭이듯 말했다.

"단종대 오를 일 없어졌어요."

규학이 은하를 쳐다봤다.

"여기도 병원이잖아요."

"아~!"

은하는 야구심판처럼 세이프 사인을 했다.

"다 끝났어요. 오후에 돌아가요."

97

은하의 어머니는 맏사위가 키 크고 잘생긴 소록도 미감염아 학교 선생이라는 것만 알고 있었다.

신접살림은 병원과 가까운 곳에 차렸고, 규학은 자전거를 타고 출퇴근했다. 둘은 언성 한 번 높인 적이 없었다. 모두에게 부러움을 살만큼.

은하는 나이트근무를 서는 일이 결혼 전보다 잦아졌다.

그 사이 규학은 제약 관련 서적과 의학책을 자주 들여다봤다. 새로운 정보나 지식을 알게 되면 노트에 꼼꼼하게 메모하는 것도 빼먹지 않았다. 여전히 의대 2학년 학생신분인 것처럼.

그러다 한 번씩 소록도를 떠난 이후, 3년 넘게 코빼기도 보이지 않는 진한을 떠올리곤 했다. 믿고 싶어서 믿는 일만 있는 건 아닌 세상에서, 믿을 수밖에 없어서 믿는 것을 알게 해준 진한이었다.

아쉬운 것은 그렇게 훌쩍 떠나는 그에게 "가라, 대신 아니다 싶으면 언제라도 돌아와. 기다릴게"라는 말을 하지 않은 일이었다. 가슴에 상처를 안고 떠나는 그를 그렇게 보내는 것이 아니었다.

그래서였을까, 그의 소식이 그 즈음 뜻밖인 곳에서 날아들었다.

화가가 된 강진한이 신문에 실렸던 것이다.

신문에 소개된 그의 고향은 전라도 고흥이란다. 그럴 만했다. 규학은 그런 진한이 전혀 밉지 않았다. '진한이 외면한 게 아니라 세상이 그를 외면할까봐 나름의 보호벽을 튼튼하게 친 것'을 규학은 이해했다. 생존하는 방법이 자신과는 다름을 받아들였던 것이다.

그날 저녁, 은하가 신문을 힐끔 보더니 "아, 이 아이!" 하며 알은체를 했다.

"그 아이는 나와 당신을 어떡하든 끊어놓으려고 했어요. 난 그 아이가 싫어요."

"말 그래도 아이였잖아."

"고흥?"

은하는 웃었다.

"고향이 없다는 건 슬픈 일일 텐데. 아닌 사람도 있나 봐
요."

"다 나름이지."

"당신은 누군가를 미워한 적이 한 번도 없는 사람 같아요."

"다 좋아하면서 산 것도 아니야."

말을 하는 규학의 표정엔 아련한 감정이 배어 있었다.

세월은 그렇게 무심한 듯하면서도 수많은 강진한을 키워냈
고, 또 수많은 강진한을 키워내고 있었다.

5 장

일그러진 자화상

98

'그곳엔 다신 돌아가지 않아.'

아버지 강 목사가 있는 소록도, 한센인들이 있는 소록도, 그리고 애증의 규학과 은하가 있는 소록도.

스물 둘의 진한은 다짐을 하고 서울로 올라왔다.

운 좋게도 그는 잘 나가는 화가, 운필(雲筆) 밑에서 그림을 배우게 되었다. 해봤자 화구통이나 닦아주고 먼발치에서 구경을 할 뿐이었지만 그는 진한의 재능을 알아봐주었다.

밤이면 맘대로 그림을 그릴 수 있게 허락을 했고, 진한은 해가 뜨기 직전까지 그림을 그려댔다. 그야말로 그리고 또 그렸던 것이다.

떠오르는 대로 그려대는 인물화는 매번 처음과 끝이 맞아 떨어지는 원처럼 같은 모양이 나왔다. 진한이 그려댄 뭉개진 인물화를 자세히 들여다보면 어디선가 많이 봐왔던, 그리고 봤던 일그러진 얼굴이 보였다.

한센인들이었다.

어느 날 선생은 진한이 그린 그림을 오랫동안 물끄러미 바라보고 있었다. 얼마나 지났을까, 그렇게 한참을 그림에서 눈을 떼지 못하던 선생이 갑자기 자신의 가슴을 툭툭 쳐대며 말했다.

"거 참, 그 그림 이상하네. 여기가 아프네, 여기가 아퍼."

그랬다. 어쩌면 자신이 그렇게나 징그럽게 보기 싫었던 한센인들의 얼굴은 진한에게 단 하나의 뮤즈였던 것이다.

그날 이후, 진한은 아예 작정을 하고, 한센인들을 모델로 그림을 그리기로 했다. 반반이었다. 상업성과 예술성을 겸비한 성공한 화가가 되고 싶어 했다.

'배경이 비참한 어느 젊은 화가.'

이런 구질구질하고 구린 내막을 알고 있는 사람은 아무도 없을 테니.

99

아주 가끔씩, 진한은 뜬금없이 봉이가 떠오를 때가 있었다. 발랑 까진 계집아이라고 인식이 된 건 진한이 스무 살이 넘었을 때 우연히 그와 비슷한 여자를 봤을 때다. 겹쳐지면서 곧바로 봉이가 생각나지 않았지만 곧 기억을 해냈다.

안 좋은 기억은 일부러 지워버리고 조작한다는 연구 결과처럼 진한도 잠시 그런 조작을 했지만, 기억을 곧 바로잡았다.

길거리를 지나갈 때였다.

양장점 집 앞에서 어떤 여자가 유리창에 비친 자신의 모습을 이리저리 살펴보고 있었다. 땡땡이 무늬의 원피스에 안 어울리는 구두 색. 그것을 알고 유리창에 비친 자신의 모습을 봤을지는 모르겠다.

서울 한복판에서 그 당시 그런 모습은 교양 없고 품위 없는 행동이라 아무도 하지 않았을 때였다. 당시 진한은 '여자는 그것을 알고도 곧 만나게 될 어떤 사람. 그를 염두에 두고 일 분 동안 교양 없는 여자를 택했을 것'이라 생각했다.

여자는 이리 돌고 저리 돌며 뒤태를 본 뒤, 한 발을 들어 반사된 유리창 앞에서 학처럼 서 있었다. 그 꼴이 우스워서 웃음을 숨죽여 웃다가 더는 참지 못해 지나가는데 여자가 진한을 봤다. 눈이 마주치자 여자는 곧장 진한에게 눈을 흘겨 댔다.

여자는 원래부터 교양이 없던 여자였다.

보통의 그런 여자라면 부끄러워서 고개를 숙이며 가던 길을 갔을 터였다. 그럴 줄 알았다면 그냥 웃음을 터뜨리고 지금 뭐하는 거냐고 물어봤을 것이다.

몇 걸음 걸으면서 '저런 눈을 본 적이 있었는데' 하는 생각이 들었고, 곧 그 사람이 누굴까 하는 생각에 잠겼었다.

진한은 자신에게 주먹질을 하던 봉이를 떠올렸다.

그리고 봉이도 저런 장면을 진한에게 들킨 적이 있다는 걸 기억해냈다.

진한이 열한 살 때, 그러니 봉이는 열여덟 무렵일 게다. 병원장 댁 사모님 심부름으로 뭔가를 싸들고 교회 문을 여는 봉이의 뒷모습이 보였다.(그 집은 항상 먹을 게 많았다.) 잠시 후 진한은 봉이가 갔으려니 하고 교회 문을 열어보았는데 신발을 벗는 입구에 걸어놓은 뿌연 거울 앞에서 봉이가 서 있는 게 보였다.

열 살 때보다는 봉이가 덜 무서웠지만 어쨌거나 드세고 고약한 봉이와 마주치는 게 싫어서 살짝 문을 다시 닫으려는 순간 봉이가 중얼거렸다.

"어머나, 제가 예쁘다고요?"

서울 말투를 흉내 내는 목소리, 본래 목소리도 아니었다. 봉이는 이어서 '어머나 손을 잡으시면 저는 어쩌라고요?' 했다. 당시는 손을 잡으면 결혼을 했던 시절이다. 그러니 진한으로선 당연히 충격을 먹었을 것이다. 그 충격이란 어린 진한, 그 폐쇄적인 섬에서는 남녀가 엉켜 붙은 장면을 목격한 것과 마찬가지였다.

고등학교 2학년 때 명작임에도 불구하고 음란물 취급했던 《B 사감과 러브레터》를 읽었을 때도 얼굴이 벌개진 다른 친구들과는 달리 진한은 봉이가 떠올라 이를 갈았다. 심정은 이해가 되었다. 섬 안에 더벅머리 총각도 없어서 반할 기회조차 없었으니 상상 속의 그 남자를 만들어놓았을 것이다. 그런 심리를 알았더라면 실컷 비웃고 놀려줄 것을 그랬다.

아무튼 진한은 문을 닫아버렸는데 인기척을 느낀 봉이는 진한을 보자마자 "학!" 소리를 냈다. 그러고는 진한을 밀치고 교회를 박차고 나갔다. 봉이는 가끔씩 돌아보며 허공에 주먹질을 해댔다.

진한은 너무 순진했다. 만약 진한이 조금만 더 약았더라면 상황은 역전되어 오히려 협박거리, 진한이 지나가면 절이라도 시켜야할 반전의 순간이었음에도 입에 자물쇠를 달았다.

이를 다른 사람들에게 말하면 봉이는 진한을 더 괴롭힐 것이고 그러다가 진한은 죽을지도 모른다는 생각을 덜컥 했다. 그것을 알아챈 봉이는 여전히 당당했고, 진한에게 전보다 더 많이 겁을 주었다. 주먹질을 안 해도 지나가면서 쳐다만 봐도 진한을 움찔하게 만들어 버린 것이다.

그날 이후로 진한은 봉이를 필사적으로 피했고, 봉이는 진한이 자신에 대해 무슨 말을 하지 않았을까 싶어서 기회가 닿는 대로 진한의 주변을 돌며 감시했다. 그러다가 이듬 해 봉이가 시집을 간다는 소식이 들려왔다. 진한의 가슴은 뛰었다. "대한 독립만세!"를 외치며 온 동네 사람들이 길바닥에 쏟아져 나와 태극기를 휘날리며 만세를 불렀던 그날의 감격만큼 기뻤다.

열다섯 살이 되었을 때까지 봉이가 있었더라면 상황은 역전 되어 진한을 괴롭히고 가장 무서운 존재가 되었을 것이다. 봉이가 눈앞에서 깐죽거리며 "네 간을 빼먹을 거다"라고 말한다면, 정수리가 보이는 머리를 툭툭 치며(진한보다 그만큼은 작았으니까) 눈을 내리깔며 비웃었을 것이다. 두들겨 패는 것보다 어쩌면 그것이 더 강해 보였을 테니까.

갑자기 화가 치밀어 올랐다. 진한은 고개를 저어대고 붓을 쥐었다. 다시 화가 올라왔다. 그러나 가만히 생각해 보니 봉이는 캔버스에 상당히 잘 어울리는 외모인 듯했다. 오줌을 지리게 하는 능력의 주먹까지도. 진한은 어쩌면 우스꽝스러운 만화가 될지도 모르겠다며 크게 웃어버렸다.

봉이에게 할 수 있는 복수란 고작 그거였다.

100

정현자는 시쳇말로 잘 나가는 다방의 마담이었다.

머리 회전이 빠르고 처세술에 능했다. 남자로 태어났다면 모르긴 몰라도 정치계에서 한 가닥 했을 인물이었다.

진한이 그녀를 만난 것은 우연이었다.

진한이 그림을 그리다가 차를 마시러 갔는데 뜻밖에도 그녀는 진한에게 호감을 표시했다.

당시에는 잘나가는, 유명한 다방은 아무나 들어가지 못했다. 뭐랄까, 프랑스로 치면 살롱 정도 되었으므로 당시의 진한으로선 발도 못 붙일 곳이었다.

때마침 진한은 운이 좋았다.

자신이 그린 그림이 팔렸던 것이다.

그래봤자 한 달 먹고 사는 정도의 액수 밖에 되지 않았으나 그로선 기분이 나쁘진 않았다. 처음이었다. 그의 그림이 팔린 것은. 대부분 첫 작품을 팔게 되면 시드머니라고 해서 그림재료를 사든 그럴 텐데 그는 그 살롱. 문학, 그림, 음악 등의 교류가 있다고 소문난 그곳을 찾아간 것이다. 그는 무슨 일이 있어도 그곳의 단골, 그것도 일류단골이 될 것을 다짐했다.

다소 엉뚱하지만 학생들 가운데도 종종 그런 애들이 있다.

고등학생인데 일류대 근처를 배회하면서 그곳엘 들어가겠다고 다짐하는 그런 의식. 진한은 나름 그 방면에 있어 최초의 의식을 치른 인물이라고 할 수 있었다.

101

정 마담. 정현자의 얼굴과 몸매는 당연히 미스코리아 저리 가라였다. 진한의 나이보다는 예닐곱 살이 많았다. 꾸미길 워낙 잘 꾸며 또래보다는 한참 어려 보였고, 진한과도 동년배로 보였다. 나름, 고상하다고 생각하는 귀부인 톤의 목소리만 내지 않는다면 말이다.

그러나 진한이 정현자를 좋아하게 된 이유 중 하나는 목소리 톤 포함이었다. 나지막하고 차분해서 메조소프라노를 연상시켰다. 밤일, 이를 테면 남자와 여자가 사랑을 하기 위해 한 몸을 이룰 때 뿜어내는 소리란 진한으로 하여금 모든 것에 무장해제를 하게 만들었다.

아무튼 그날, 정 마담은 낡은 면바지에 누더기의 헐렁한 셔츠를 입고 거지 폼으로 들어서는 진한을 보고 기겁을 했다. 그런다고 기가 죽을 진한이던가. 뭘 보냐는 식으로 시선을 내리 깔고는 대뜸 "커피나 달라"고 했다. 진한은 선불인지 후불인지 아랑곳하지 않았다. 일단 테이블에 커피 서너 잔 값은 될 법한 돈을 휙 던지며 정 마담에게 말했다.

"댁도 마시려면 마시고."

진한은 내심 자신의 행동이 유치했는지 고개를 젖혀 숨을 내쉬며 어이없어 했다. 순간, 정 마담의 눈빛이 아까와는 다른 세심한 눈길로 진한의 면모를 살펴보았다.

그녀가 본 것은 돈이 아니었다.

진한의 손에 묻은 유화였다. 손톱 사이에 낀 색채와 옷에 배인 파라빈향. 정 마담은 돈 냄새도 잘 맡았고 직업이 뭔지도 잘 맡았던 것이다. 진한의 직업을 파악한 정 마담은 쓰다듬듯 하는 부드러운 눈길을 보냈다.

102

진한의 그림은 대충 그저 그런 가격으로 딱 한 달 살 정도의 금액으로 팔려나갔다. 새 옷이나 구두를 살 수준은 아니어도 굶지는 않았다. 그는 석 달 동안, 그림이 팔릴 때마다 정 마담의 다방으로 달려갔다.

진한이 세 번째 정 마담을 찾아 갔을 때였다.

"다음에는 그림을 팔기 전에 가지고 오세요. 제가 살게요."

정 마담은 굶주린 짐승 앞에 독이든 먹잇감을 던져놓고 기다리는 포획자의 표정으로 말을 던졌다.

"그래요? 그럼 댁한테는 좀 더 불러야죠."

진한의 말에 정 마담은 어깨를 들썩이며 사람 좋은 표정으로 웃어 보였다. 진한은 그러마고, 돌아갔다.

다음날, 진한은 그림 한 점을 들고 다시 정 마담을 찾아갔다.

정 마담은 진한의 그림을 한참이나 바라보다 자리를 고쳐 앉으며 관심을 드러냈다.

"얕잡아봤는데 아니네요!"

진한은 그녀의 말이 진심이란 것을 알았다.

말없이 그녀의 말을 듣고만 있었다. 창밖으로 시선을 던지니 언제부터인지 모를 이슬비가 흩뿌리고 있었다. 그의 마음 속이 줄곧 잿빛이던 것이 비를 뿌림과 동시에 후련해졌다. 뻥 뚫리는 듯했다. 그러더니 우쭐하는 마음이 꿈틀거렸다.

103

정 마담으로부터 박종구를 소개받은 것은 일주일 뒤였다.

그의 직업은 화가와 구매자들의 중간 상인.

좋은 그림을 알아보는 능력은 뛰어났지만 정작 그림을 그리는 재주는 없었다.

물론 정 마담도 그림은 볼 줄 알았다.

진한의 그림을 알아봤으니까.

아무튼 박종구는 진한과의 첫 대면 자리에서 호기심 가득한 표정을 지었다. 마치 바싹 마른 공기 속에 두둥실 떠 있는 듯한 표정이었다. 눈빛이 어찌나 강렬하던지 진한으로선 눈의 힘을 살짝 빼고 한없이 바라볼 수밖에 없었다.

'구경할 테면 실컷 구경하쇼!'

그래서였을까, 그날 이후 정 마담과 박종구는 말 그대로 미친 듯이, 아니 미쳤다고 하는 것이 옳은 표현일 것이다. 진한에게 미쳐서 물질적인 투자를 들이붓기 시작했다.

진한은 그 기회를 놓치고 싶지 않았다.

이루지 못한 꿈이 어떻게 될 것인지는 생각하고 싶지도 않았다. 행운의 여신이 하필이면 자신을 피해갈 리 없고, 그렇다고 하필이면 자기에게만 올 리 없다고 여기면서도 꿈을,

행운이 찾아온 것을 무조건 꽉 잡기로 마음먹었다. 그의 이번 생에서는 절대로 다시없을 기회였던 것이다.

그러면서도 진한은 자신의 삶 한가운데, 정말 그런 때가 왔다는 것이 믿기지 않았다.

104

진한은 미친 듯이 그림을 그려댔다.

그의 허름한, 창고 같은 작업장에는 수십 개의 그림들이 즐비했다. 곧 있게 될 전시회를 위해 준비한 작품들이었다.

모딜리아니, 로트렉 풍의 인물화였다.

배경은 샤갈의 화려한 색체를 연상시킬 만큼 화려했다.

뭉뚝하게 그려진 코, 얇게 말린 입술, 반쯤 벌린 입 등의 대충 그린 인물에 반해 그 배경은 너무나도 선명하고 터치감이 생동감 있었다.

모든 인물의 공통점은 마치 촛대를 타고 흘러내리는 촛농을 연상케 했다. 하지만 그 인물이 입고 있는 옷의 단추는 그 작은 구멍마저 선명하게 보였다. 그림의 제목이 무슨 단추라도 되는 것처럼. 꽃을 든 여인의 손은 주먹을 그러쥔 듯, 그러나 자세히 들여다보면 그 주먹마저도 뭉뚝한 동그라미 안에 꽃을 박아놓은 것 같았다.

진한의 수많은 그림 스타일은 하나같이 한 곳을 향해 있었다.

희미한 인물들, 화려한 색체와 선명한 터치의 배경.

그리고 그의 스승 운필이 말했듯, 진한의 작품은 '한 번 보면 슬퍼지고, 두 번 보면 눈물이 나는' 심장 한가운데로 천둥과 벼락을 일시에 맞은 듯 아프게 했다.

그들은 모두 한센인들이었던 것이다.

말하자면 진한의 하나뿐인 뮤즈.

105

진한은 박종구 덕분에 유명한 화랑으로부터 초청을 받고, 〈꽃과 인물〉을 테마로 전시회를 열었다. 멀끔하게 차려 있은 정장차림도 어색한데 기자들이 마이크를 들이대고 사진을 찍느라 섬광을 터뜨리면 진한은 반사적으로 눈을 감곤 했다.

더더욱 놀라운 것은 전시회를 찾은 면면의 인물들이었다.

텔레비전에서나 볼 수 있을까 말까한 정재계인물들이 한낱, 그것도 이름도 알려지지 않은 무명에 가까운 화가의 그림 전시회에 구름처럼 몰려들다니.

박종구가 동원한 사람들이었다.

박종구는 긴장한 진한을 불러놓고 억지웃음이라도 짓게 하고는 전시회를 찾은 인물들을 차례로 인사시켰다. 진한이 그

들과 악수를 나누면, 박종구는 사진기자들에게 사진 찍도록
손짓을 했다.

진한이 그 상황이 익숙하지 않아 얼떨떨해 하고 있는 가운
데 그 많던 그림들은 몰려든 인파들로 미친 듯이 팔려나갔다.

진한으로선 보고 있어도 믿을 수가 없었다.

마지막 한 점을 두고 사람들 간에 실랑이가 벌어지는 것을
보고 있자니 흥분이 되었다. 그러나 그것도 잠시 뿐. 진한은
곧 불멸을 이루어낸 듯 충만한 표정을 짓고 있었다.

'철저하게 묻어야지, 지나간 과거는. 기억 속으로.'

일종의 보상심리나 히스테리처럼 보였다.

106

진한에 대한 평론가들의 찬사가 계속해서 쏟아졌다.

장래가 촉망되는 젊은 화가로 이름을 날리기 시작했던 것
이다. "변변한 학벌 없이 오직 재능과 그 아픈 배경만으로 예
술적 승화"가 어쩌고 하는 찬사가 여기저기서 쏟아졌다.

진한도 신문에서 자신에 대한 찬사 내용을 읽었다. 극찬에
극찬을 표현한 단어를 발견할 때마다 "내가?", "그랬어?" 하
고 웃어버렸다. 유명한 평론가라는 사람들, 꿈보다 해몽이 좋
다더니, 진한에 대한 찬사가 딱 그러했다.

예술 감각은 분명히 타고났다.

그러나 진한은 지금껏 정식으로 미술을 배운 적이 없다. 그럼에도 내로라하는 화가 운필(雲筆)이 그를 알아보고 대학에 가서도 배울 수 없는 기술을 제대로 전수시켜 주었다.

운필은 괴짜였다. 호는 "뜬구름 잡는 그림쟁이"라고 자신을 우스꽝스럽게 소개했다.

운필의 그림스타일은 뜬구름과는 전혀 무관했다.

오히려 무게감이 있었다. 우울한 그것과는 달랐다. 혹시 그의 헤어스타일이라면 모를까. 굽실대는 곱슬머리는 숱이 듬성듬성 있던 터라 어깨를 달락 말락 한 길이에도 길다는 느낌이 전혀 들지 않았다. 그의 머리털은 공장 굴뚝의 연기처럼 종작없이 방향을 틀어댔다.

"그러니 내 머리에 물감을 적시고 캔버스를 대면 그게 바로 운필인 게야."

술을 좀 덜 먹었더라면 좋았을 텐데.

그는 수전증 증상으로 학생들에게 주로 이론을 가르쳤다.

한편, 자신에 대한 평론을 읽던 진한은 문득 '빙켈만'과 '레싱'이 떠올랐다. 빙켈만은 죽음의 찰나의 '라오콘 군상'을 보고 위대한 고대 그리스인의 정신을 찬양하였고, 레싱은 조각가가 고통과 예술을 표현하기 위해 고통조차도 아름답게 그려야만 하는 것이라고 주장했다. 진한은 그 두 가지 내용을 읽으며 '고대시절 죽어버린 그 조각가의 속사정을 누가 알겠냐'며 비웃었다.

그렇다 해도 진한은 레싱의 주장에 고개를 끄덕였다. 그림은 찰나, 극적인 그 장면을 담아야 한다고 생각했다.

'내가 그 찰나이자 연속적인 그림을 그리니까. 내게 천재성이 보인다고 하나봐.'

진한은 비웃듯 능청스럽게 웃었다.

레싱의 '라오콘 군상(群像)'은 18세기 계몽주의 때 일어난 논쟁의 시발점이 되는 사건이다. 그러니까 미술사학에서는 〈라오콘〉이 논쟁의 대명사로 쓰인다. 그 당시 미술작품을 연구하는 방법론조차 없었기 때문이고, 그러다 보니 평가 기준의 바로미터도 없었다. 논쟁의 핵심은 "예술작품을 비평하는 것이 가능한 일인가"였다.

"문학과 미술을 포함한 예술 작품들에 대해 비평을 하는 것이 가능한 것인가. 그렇다면 각 장르의 예술의 특징과 한계는 무엇인가." 그러니 '죽음의 찰나'에 그려진 인물에 대한 이러저러한 말이 많을 수밖에.

그러나 화가들에게 있어 '장면의 선택'은 매우 중요한 일이었다.

진한이 그 찰나의 장면을 화폭에 담은 것처럼.

107

진한은 오직 성공을 목적으로 한센인들의 얼굴을 그려댔다.

모딜리아니의 분위기와 고흐와 샤갈의 그림을 모방한 화려한 색감은 뭍에 내놓으니 대단히 화려하고 그로테스크한 작품으로 평가를 받기 시작했다. 성공가도를 달리기 시작했다.

아버지도 그제야 진한의 재능을 인정해주는 눈빛이었다.

그림은 한 점당 쌀 한가마니를 받기도 했다.

차곡차곡 돈이 쌓이기 시작했다.

진한은 그것을 아버지 강 목사에게 자랑스레 보내주었고, 허름한 창고에서의 생활을 정리하고 한옥을 개조한 현대식 주택을 마련해 이사를 하게 만들었다.

나머지는 탕진하기 시작했다. 그려놓은 그림이 모두 팔리면 진한은 다시 부리나케 한센인들을 그려댔다.

그림은 여전히 고가로 팔려나갔다.

그렇게 팔려나간 그림들은 내로라하는 사람들의 집안에, 지위와 명예의 기준이라도 된 듯 식탁 앞, 거실, 현관입구 등을 장식했다.

108

진한이 아버지 강 목사의 비보를 접한 것은, 시쳇말로 그가 잘 나가고 있을 때였다. 완벽한 성공은 아니어도 그 대열에 들어설 즈음이었다. 당당하게 장례식에 참석한 진한은 어머니의 죽음은 아버지 때문도 아니고 자신 때문도 아니란 것을 더 확실히 새겼다.

소록도가 문제였다. 몸뚱어리가 눈사람처럼 녹아내리는 그 사람들의 문제라는 것을 더 깊이, 아주 확실하게 각인했다.

진한이 소록도인들을 용서할 수 없다고 여긴 것은 어머니를 죽인 비토섬 주민이 아니라, 그 섬에서 같은 물을 쓰고 같은 공기와 떨어지는 해를 동시에 맞이했던 바로 그 사람들이었다.

그럼 그들의 죄는 무엇인가.

병이다. 단지 그 병에 걸렸다는 사실. 그 병이 죄라면 죄였다. 그럼 그 병은 누가 만든 것인가. 나병균을 잡지 못하게 지은 자는 누구인가. 구체적으로 생각을 해보기도 전에 진한은 하나님께 등을 돌렸다. 그리고 자기 맘대로 살기 시작했다. 그 이전에는, 세뇌라면 세뇌의 결과로 만들어진, 하나님이라는 존재의 눈치는 보고 살았었다. 적어도 그랬다.

'이러다 벌 받으면 어떡하지.'

그러나 그 알량한 생각마저도 그때가 마지막이었다.

만약 벌을 받는다면 그것은 벌을 받게 되면 그때 가서 생각하기로 하고 그간 벼르고 벼르던 짓을 다해보기로 작정했다.

아버지 강상구가 죽고 난 후 진한은 비로소 완전한 자유를 맛보기 시작했다. 마치 아버지 강 목사가 빨리 돌아가기를 바라는 못된 아들처럼.

결과론으로 말하자면 강진한은 못된 아들이었다.

그는 아버지 강 목사가 빨리 죽어서 소록도와 완전히 결별하고 다시는 돌아가지 않는 어느 섬이 되었으면 하는 바람을 가졌었다.

아버지 강 목사의 유품. 당연히 챙길 것도 없고 갖고 싶은 것도 없었다. 강 목사와 연결된, 연상되는 모든 것을 소록도에 묻어둔 채 진한은 다시 서울행에 몸을 실었다.

109

"당신…… 사랑해. 이 정현자가…… 당신을 사랑한다고."

박종구와 정 마담이 내연의 관계라는 것은 알 만한 사람은 죄다 알고 있었다. 그런 정 마담이 어느 날 갑자기 진한에게 사랑을 고백했다. 진한으로선 그녀의 고백이 싫지 않았다. 전혀 눈치 채지 못한 것이 아닌 데다, 실은 진한 역시 흥미 있어 하던 인물이었다.

"듣던 중 반가운 소리네요."

진한의 말에 그녀는 기다렸다는 듯이 엇지르고 나왔다.

"그럼, 같이 살래?"

"박종구는 어떻게 하고?"

"유부남이 할 말 있겠어?"

진한의 머릿속은 빠르게 덧셈뺄셈을 해댔다.

그녀가 박종구를 사랑하냐, 안 하냐는 궁금하지 않았다. 진한이 궁금했던 것은 박종구와 정 마담 중 누가 더 자기를 키워줄 수 있느냐에 대한 것뿐이었다.

진한은 정 마담을 택했다.

그 빠른 시간에 온갖 것을 쭈욱 펼쳐놓고 계산해보니 정 마담 쪽의 무게가 더 나갔다. 수완도 좋고 남자 홀려대는 기술도 최고였다. 이놈저놈 붙어먹고 그 바닥을 개척했는지 몰라도 진한으로선 자신을 더 키워줄 수 있는 사람을 마다할 이유가 없었던 것이다.

그날 이후, 정확히 말하자면 진한이 정 마담과 사귀기 시작한 날 이후, 요만큼의 거짓말도 보탬 없이 그는 한 달 동안 붓을 든 적이 없었다. 아니 들지 못했다. 홀려도 단단히 홀려버린 것이다.

진한으로선 그런 여자는 처음이었다.

진한이 총각 딱지를 뗀 건, 선생인 운필 때문이었다.

진한의 나이 스물 둘, "여자를 알아야 그림도 안다"며 첫 경험을 하게 했었다. 은하에게 죄책감이 들긴 했으나 잠깐이었다. 그리고 감정과 몸이 따로 논다는 것을 그때 알았다.

첫 경험 이후, 진한은 한동안 붓을 잡지 못했었다.

하지만 정 마담 때랑은 비교가 되지 않았다. 스물 둘일 때는 기껏해야 열흘이었다. 붓을 잡지 못한 것이. 반면 스물일곱의 진한에게 정 마담은 한 달이나 붓을 잡지 못하게 했다.

"당신이 내 집으로 올래, 아니면 내가 갈까."

며칠 후, 정 마담이 눈을 반달처럼 뜨고 진한을 향해 물었다.

"그러게, 어떻게 하고 싶은데?"

"내가 들어오는 게 낫지. 내가 올게."

그 길로 정 마담은 자기 집은 전세로 내놓고 옷가방 하나랑 화장품을 챙겨 진한의 집으로 들어왔다.

"당신, 너무 여우야!"

진한의 한마디였다.

110

박종구가 둘의 관계를 알아 챈 건 몇 달이 지난 후였다.

그는 그 소식을 듣자마자 득달같이 진한의 집으로 쳐들어왔다.

가운 차림의 느긋한 표정으로 커피를 마시는 진한과 정 마담을 보는 순간, 그는 잡아먹을 듯 길길이 날뛰었다.

"야, 이 갈보년!"

박종구의 따귀에 정 마담이 쓰러졌다.

증오심이 파르르 곤두섰다.

진한은 정 마담과 박종구가 발광하는 꼴을 커피를 마시며 쳐다보았다. 박종구가 진한을 노려봤지만 진한의 머리털 하나 건드릴 수 없던 것이, 어쨌거나 진한은 그에게 있어 최고의 돈벌이 수단이었다.

정 마담은 바닥에 넘어져 박종구를 노려보며 진한에게 시선을 돌렸다. 자신의 남자로서 박종구에게 뭔가 액션을 취해 주길 바라는 눈길이었다. 진한은 어깨를 으쓱해 보이고는 박종구를 향해 말을 꺼냈다.

"나랑 계속 계약 유지할 거면 이 여자, 여기 두고 가시죠. 아니면 데리고 가시던지."

'거래는 이렇게 하는 거지. 누가 봐도 칼자루는 내가 쥔 거니까.'

정 마담은 진한의 말이 자신이 원하는 것이 아니라는 듯 진한에게 욕을 하려는 순간, 진한이 소리쳤다.

"입 다물어."

그러고는 다시 부드럽게 어투를 바꾸었다.

"아직 계산 중입니다."

박종구는 진한의 고압적인 자세에 눌려버렸다.

계약 유지 쪽으로 셈을 끝냈다. 박종구가 양복을 추스르고 그대로 돌아섰다. 진한이 뒤쫓아 나가 그의 어구창을 날렸다.

"덕분에 정신은 나네."

"내 여자한테 손댄 값입니다."

정 마담은 박종구가 나가자 진한의 목을 끌어안았다.

진한으로선 박종구에게 어구창을 날리는 일, 그것이 폼 나는 일이라고 기대한 건 아니었다. 다만, 분위기로 봐서 뭐라도 해야 할 듯 했다.

그날부터 진한은 그림을 다시 그리기 시작했다.

정 마담은 이후 박종구의 어깨너머로 배운, 그림 파는 재주를 습득하여 화랑을 열어 전시도 하고 그림을 팔기 시작했다. 그러고는 진한에게 박종구와의 계약을 해지할 것을 종용했다.

진한으로선 못 할 것도 없었다.

그녀가 자신의 그림을 훨씬 더 좋은 가격으로 내놓았기 때문이다. 그러자 박종구가 거칠게 나오기 시작했다. 정 마담의 문제와는 별개였다. 비즈니스 문제였다. 계약을 무효하게 만든 자는 마땅히 그 대가를 치르게 해야 했다. 사귈 때는 그럭저럭 넘어가더니 계약을 갈아타자 사람을 풀었다.

무슨 협박을 했다면 경찰에 신고라도 했겠지만, 박종구가 사람을 풀었던 것은 진한의 배경, 말하자면 뒷조사를 했다. 그 전까지, 자기와의 계약을 유지하고 있을 때는 진한이 그의 재산 중 하나였기에 보호를 했던 일. 그 일을 파헤치기 시작했다.

　박종구는 진한이 소록도에서 온 것을 알고 몹시 놀랐었다. 환자가 아니란 사실에 가슴을 쓸어내리며 한시름 놓더니만, 계약 해지와 동시에 그 비밀을 물고 늘어졌던 것이다. 괘씸한 것도 있고, 진한이 궁금해진 것도 한몫을 했다. 뭐하다가 소록도로 들어갔고, 어떻게 뭍으로 나와 그림을 그리기 시작했는지. 용케도 진한의 그림을 보고 또 보면서 분석을 했을 테고. 그리고 얻어낸 결론은 그림의 내막이었다. 진한이 그린 그림은 추상적 인물화가 아니었다. 그림의 주인공 모두가 한센병 환자라는 사실을 밝혀낸 박종구의 미간이 좁혀들며 눈에 잔뜩 힘이 모아졌다. 언제라도 핵폭탄을 터뜨릴 준비를 하고 있었던 것이다.

|||

　한편, 정 마담은 진한이 자기 소속으로 들어와 돈 보따리를 안겨주자 집착이 심해졌다. 더더욱 헌신적이었다. 그러다 보니 진한은 정 마담에게 서서히 싫증을 느끼지 시작했다. 한눈을 팔았다. 핑계 삼아 여자 모델이 필요하다며 찾아 나서자 정 마담은 두 눈에 쌍심지를 켜고 덤벼들었다. 진한은 그런 정 마담 모습에 화가 나고 질리기까지 했다. 진한이 집

에 딸린 넓고 큰 화실을 놔둔 채 허름하고 좁은 화실을 갖게 된 것은 그 때문이었다.

진한은 그곳에서 실컷 그림을 그렸다.

모델이랍시고 왔던 여자가 마음에 들면 그 다음 일은 뻔했다.

정 마담이 그것을 눈치 챘다. 그 이유로 진한과 헤어지기에는 아쉬운 게 너무도 많았다.

계약서 쓰고 한 달 좀 지날 무렵, 정 마담은 진한의 그림을 팔러 다녔다. 가난한 과부가 자식 먹여 살리려고 재 넘어 떡 팔러 다니는 듯 미친 듯이 돌아다녔다. 그러니 진한을 달달 볶아 그림을 그리게 했음은 말할 것도 없었다.

그렇게 볶아대자 메조소프라노 톤의 그녀 목소리가 그릇 깨지는 소리로 변해버렸다. 진한은 그녀가 무섭거나 잔뜩 주눅이 들어 그림을 그린 것이 아닌, 단지 그 소리가 듣기 싫어 그림을 그려댔다. 당연히 사랑은 움직이는 거라고, 그녀에 대한 마음이 자꾸 다른 데를 배회했다.

여대생 셋과 남학생 둘이 진한의 문하생으로 들어왔다.

그중 한 명이 진한의 마음에 들었다. 선영이라는 애였는데 그녀는 상당히 육감적이었다. 진한은 단 둘이 있을 때는 그녀에게 자신의 모델을 해줄 것을 부탁했고, 그녀는 진한의 부탁을 순순히 들어주었다. 이런저런 사이가 되는 것은 그다지 어려운 일이 아니었다. 그 사실을 다른 여학생, 재희에게 들켜버린 것은 진한으로선 유감이었다.

재희와는 가끔 눈이 마주쳤다. 그때마다 그녀는 화실 문을 닫아버렸다. 놀랬던 모양이었다. 재희는 엄청 순진했다. 진한은 그녀가 자신을 좋아하고 있다는 것을 일찌감치 알고 있었다. 눈이 가긴 했지만 진한은 그녀, 재희가 자신에 의해 때가 탈까봐 걱정이었다.

진한은 적어도 자신이 얼마나 추잡한 인간인지 잘 알고 있었다. 애초부터 결혼에 대해선 생각도 하지 않았다. 대여섯 살 차이가 나긴 해도 꼴에 그녀보다 어른은 어른이었다.

진한은 선영이와 매일 붙어 지냈다.

"당신이나 나나 이전 같이 않다는 건 알고 있지?"

진한의 말에 정마담은 콧방귀를 뀌었다.

화장을 지운다며 진한에게 방에서 나갈 것을 부탁했다. 진한이 방문을 닫는 순간, 정 마담의 우는 소리가 들렸다. 진한은 잠깐 미안한 생각이 들었다.

다음날, 정 마담은 짐을 챙겨 진한의 집을 나갔다.

사흘 후, 진한의 집으로 선영이 들어왔다.

그녀는 그림에 대한 열정이 진한에 대한 마음보다 컸다. 거머리처럼 그림에 관한 기술을 쫙쫙 빨아들이면서 자기 것으로 만들었다. '나름 큰 여류화가가 되겠구나' 하는 생각을 할 즈음, 진한이 가진 가진 재능이나 그림에 관한 기교를 알려주기도 전에 사단이 나고 말았다. 신문에 진한에 대한 기사가 실린 것이다.

'소록도 출신의 화가. 그림의 모델은 문둥병자들!'

다소 자극적인 헤드라인과 함께 진한에 대한 기사로 신문이 도배되다시피 했다. 사람들 모두가 기겁을 했다.

그가 그린 그림을 사다 거실에 모셔놓고, 선물로 주고, 재산으로 잠겨두었던 사람들이 울분을 토하고 화를 냈다. 벼락부자들 역시 화를 내긴 마찬가지였다. 그들은 하나같이 약속이라도 한듯 그 비싼 그림들을 모두 불질러버렸다.

기자들이 몰려왔고, 집 앞은 순식간에 아수라장이 되었다.

선영이는 신문을 본 즉시 엄청난 일이 터질 것을 알고 바로 진한의 곁을 떠나버렸다.

처음에 진한은 그 일을 정 마담이 꾸민 줄 알고 그녀를 찾아가 때려죽일 생각으로 덤벼들었다. 머리털 나고 여자를 팬 것은 그때가 처음이었다. 무작정 싸대기를 갈기며 화를 내자 정 마담은 얼어붙어 진한을 빤히 쳐다보기만 했다. 진한은 그녀의 그런 행동이 잘못을 인정하는 것이라 여겨 더더욱 죽일 기세로 팼다. 화랑 직원 셋이 달려들어 말리지 않았다면 살인범으로 신문에 또 오르내릴 뻔했다.

정 마담이 주범이 아니라는 것은 그 자리에서 알았다.

그녀 역시 빚더미에 올라 파산직전에 몰려 있었다.

그녀는 진한에게 그림 값을 물어줄 것을 요구했다.

진한은 두말 하지 않고 집을 팔아 그녀에게 주고는 잠적을 선택했다

먹고 살기 위해서는 잘나가는 화가 모조품이라도 그리며

살아야 했으나 그에게는 그럴 의욕마저도 없었다.

거의 반년을 시체처럼 살았다.

112

잘 먹고 산 것도 아닌데 육 개월이 지나자 거지꼴이 되었다.

고향이 없다는 것이 새삼 실감났다. 태어난 평양은 갈 수 없는 곳이고 있다면 한 군데. 어렸을 때 살던 소록도. 거기밖에 없다는 게 진한에게 있어 절망이었다.

진한이 집을 팔고 잠적할 곳을 찾아 이사를 한 곳은 산동네의 단칸방이었다.

바로 옆이 교회로 새벽마다 종소리와 찬송가가 들려왔다.

아는 찬송가가 나올 때마다 진한은 눈물이 났다. 그러다가 불현 듯 그런 생각을 했다.

'아버지가, 혹시 아버지가 이런 기도를 해왔던 건 아니었을까. 하나님이 진짜로 계시다면 인간이 누릴 수 있는 최고를 누리게 한 후, 그를 구원하고자 바닥까지 끌어내려 굴복시키려 한 것은 아니었는지. 그것이 아버지의 기도였다면, 아버지의 기도는 반드시 들어준다는 약속을 하고……'

그날 이후 진한은 소록도로 가는 꿈을 꿨다.

몸서리치도록 싫은 소록도가 꿈에서는 왜 그리 아름답게

보였을까. 그에게 고향이라면 오직 그곳 뿐. 그런데 고향을 찾아가는 일이 굶어죽게 생겨서라니.

성경에 나오는 탕자의 비유가 생각났다.

유산을 미리 받은 둘째 아들은 집을 나가 방탕하게 살다 돈이 떨어지자 돼지 쥐엄을 뜯어먹으며 결정한 것이 "아버지 집으로 돌아가자"였다. 곰곰이 생각해 보니 진한에게도 그 길밖에 달리 길이 없어 보였다.

그곳, 고향 사람들이라면 언제라도 진한을 반겨줄지도 모른다는 생각이 들었다. 설령 도착하자마자 달려들어 자신을 때려죽인다 해도 어쩔 수 없는 일이었다. 그럴 짓을 한 것은 분명했다.

세월에 타들어간 진한의 가슴은 한겨울 찬바람에 차갑게 물들어갔다. 그는 소록도로 내려갈 것을 결심했다.

113

규학은 근래 들어 아내 은하가 낯설게만 느껴졌다.

참으로 알 수 없는 것이 사람과 사람의 만남이다.

어떤 사람은 매일 얼굴을 맞대고 지내도 언제나 낯설고 멀게만 느껴지는 사람이 있는가 하면, 어떤 사람은 처음 만나도 오래전부터 다정하게 지냈던 사람인 듯 가깝게 느껴지는 사람이 있다.

규학에 있어 전자는 은하였고, 후자는 진한이 그랬다.

후자인 진한은 그날 이후, 오랜 시간 만나지 않았어도 늘 함께 살고 있는 듯한 느낌이 들었다. 공간을 뛰어 넘어 어디서라도.

반면 은하는 오랜 시간 함께 살을 맞대고 살아도 낯설었다. 기억이란 연금술이 시간의 흐름을 타고 사실과 허구가 하나가 되었다 해도 그녀에 대한 규학이 느끼는 마음의 온도는 늘 낯섦, 이상도 이하도 아니었다.

그리고 그녀에 대한 낯섦이 다만 그의 느낌에 지나지 않았다는 것을 증명이라도 하듯, 보이지 않는 느낌의 실체가 꿈틀거리기 시작했다.

퇴근해온 규학은 식탁 위에 펼쳐져 있는 은하의 노트를 정리하다 그중 하나를 펼쳐보았다. 환자들에 대한 투약정보, 환자의 상태와 변화 부작용에 관한 기록이 적혀 있었다. 공란 바로 앞을 펼쳐 보니 바로 전날까지 기록되어 있었다.

'서두르다 그냥 두고 갔나보네.'

불현듯 시계를 보니 오후 세 시가 다 되어갔다.

'이걸 가져다 줘야 하나?'를 고민하고 있는 사이, 규학의 시선이 어느 한 곳에 고정되었다.

– 내일은 킬로그램당 0.03미리로 낮춰해 보기로 한다.

처방 할 것이 아니라 '해보기로 한다?'

규학은 그 부분을 다시 읽고 또 읽어보았다.

- 고열 : 신옥희(여) 42세(48년 입소)
- 호흡곤란 : 봉희남(여) 67세(32년 입소)
- 점막손상 : 남현구(남) 51세(54년 입소)
  내일부터는 킬로 그램당 0.03미리로 낮춰해 보기로 한다.
  빠르게는 6시간, 늦은 경우 20일이며 정상으로 돌아온다.

은하의 노트에 빼곡하게 기입된 내용은 수감된 사람들의 이름, 나이와 입소일이 적혀 있었다.

F조의 경우는 나병 부위가 줄어든다. 면역성과 관계있어 보임. 영양상태, 건강, 폐 심장 혈액 반응 등 건강한 20~30대는 빠르게 치료되는 반면에 간질환이나 심장, 폐질환 경우는 급속하게 악화됨. 4월 중순 D그룹 예상 사망률 40%(폐질환자는 치료대상에서 제외하여야 함 – 회생 불가능)

F그룹은 건강한 개체군으로 그 이전의 기록에서 규학은 C 그룹 명단에 적혀 있었다. C그룹은 이도저도 아닌, 그러니까 아주 건강하지도 않고, 약물 투여에 따라 죽을 수도 있는 사람들의 개체군이었다. 보통의 일반인이나 밖에서 볼 수 있는 평균적인 사람들이었다.

은하는 결혼 후 규학에게 몸에 좋은 것들이라면 모두 복용시켰다. 규학으로선 뭔지도 모른 채 은하가 주는 대로 받아먹었다. 음식이든, 약이든. 은하는 곧 규학을 F그룹으로 옮겨 적어 놓았다.

규학은 다른 노트를 펼쳐들었다.

비슷한 서식과 사용된 주사약, 약품기록지가 이어져 나왔다. 오기입한 내용은 선명한 붉은 색 볼펜으로 투여한 미리그램 단위를 적어놓았고, 오기입을 한 이유에 대한 설명도 기록해 두었다.

– 투여량을 유지한 결과 ~~D~~ (오기입 D 아님) B그룹 사망자 발생 (20%). 투여량 낮춘 3인 : 낮춘 시점부터 빠르면 4시간 늦어도 2주면 정상 상태로 돌아옴.

〈초기증상 : 피부전신 통증, (불에 덴 듯하다고 호소함. 화상? 작열감?)

– 가벼운 부작용으로는 두통, 어지러움, 이명, 불면증이 보이나 개체가 예민한 성격일수록 정신이상 증세가 보임. : 추가기입 7개월 이상 투여한 결과 정신착란 우울증이나 감정기복이 심함.

– 장기복용 시 : 정신병, 우울상태, 조울 상태 : 자살 시도함. (3월 22일. 4월 2일 간격으로 사례자 2명 자살함.)

– 임부복용 시 태아 사망 : 13주차.

– 광범위한 부위에 주사할 경우 : 피부 괴사현상 – 급속히

퍼짐.

　– 부작용 : 24시간 안으로 수포 다발 / 박리 입술, 혀, 눈꺼
풀, 각막 눈 뜨기 힘들어 함.

　규학은 붉은 색이 그어진 사람들 이름을 훑어보았다.

　약물이 투여된 날짜와 사망한 날짜를 훑는 동안 그의 머릿
속에는 그래프가 그려졌다. 비례와 반비례가 그려졌다. 교차
점이 이쯤이다 싶어 훑어보면 어김없이 두어 달 간격으로 사
망자가 발생되었다. 그래프. 최고점 지점에는 괴사, 절단이라
는 섬뜩한 의학용어 약자가 적혀 있었다. 중간에는 출혈, 점
막손상, 신장이상, 심장이상, 혈액이상, 사망 가능성 분류,
호흡곤란, 절단 예상, 정상세포 파괴, 시력 이상.

　그 사이에 끼어있는 3년 전 은행거래명세서. 계좌수취인
유은하. 송금인…… 그 자리는 펀칭기로 뚫려 있었다.

　규학은 노트를 덮음과 동시에 쓰러지듯 그 자리에 주저앉
았다.

　그 잠깐의 시간에 일어났다고는 믿어지지 않을 만큼 온몸
이 파괴된 듯한 마비 증세를 동반한 의식의 공백을 느꼈다.
대문 열리는 소리를 듣지 못했다면 아마도 오래도록 의식의
공백에 머물렀을 터였다.

　정신을 붙잡고 일어난 규학은 재빨리 식탁 위의 노트들을
놓여 있던 대로 정리했다.

　"…… 두고 가서."

은하는 노트 하나가 규학의 손에 들려 있는 것에 놀라 신경이 바짝 곤두서는 것을 느꼈다.

"응, 갖다 주려고 했는데."

규학의 신중한 말이었다.

"기다릴 걸 그랬어요."

바쁘다며 규학으로부터 노트를 빼앗다시피 받아든 은하의 긴장된 목소리였다. 집을 나서며 노트를 끌어안은 은하의 손끝은 덜덜덜 떨고 있었다.

불안이 밀려들었다.

규학은 은하가 눈에서 사라지자 대체 뭘 어떻게 해야 할지 혼란스런 표정을 지었다. 그러다 뭔가 생각난 듯 노트와 펜을 꺼내어 좀 전, 은하의 노트에 기록되었던 약품 이름들을 하나하나 더듬어 기록하기 시작했다.

114

지독히 우울한 한숨을 내쉬었다.

답답했다. 규학은 연신 숨을 들이켰으나 가슴이 답답하고 꾸역꾸역 역정이 차올랐다.

'기록의 일부만 본 터라 혼란에 빠진 것'이라며 스스로에게 최면을 걸어보지만, 뭔가에 중독 된 듯 맥박이 요동쳤다.

규학은 그날, 은하의 노트에서 보았던 내용들을 선연히 기억했다. 당연히 확인을 해야 했다. 신중하고 또 신중하게.

마음은 은하가 그럴 리 없다고 믿고 싶은 규학이었지만, 불길한 예감은 그를 가만두지 않았다. 자신이 뭔가를 해야만 했다. 그래야 은하의 일도 끝이 날 것 같았기 때문이다.

면도를 마친 규학은 턱 주변에 남아있는 거품을 닦아내며 버릇처럼 거울 속의 상흔을 물끄러미 바라보았다. 귓바퀴와 턱으로 연결되는 그 자리는 소록도에 들어온 후 2~3년간은 점점 더 퍼지는 듯했다. 그러나 십 수 년이 지난 지금은 처음의 크기보다 줄어들었다. 분명했다.

"당신은 대체 왜 소록도에 왔소?"

처음, 그를 대면한 사람들 대부분은 그렇게 물었다.

대범한 척을 하고 소록도에 들어왔어도 어느 새 그의 주변에 몰려든 한센인들이 자신의 위아래를 그리고 주변을 돌며 관찰하는 것은 어색하고 민망한 일이었다.

"대체 왜 온 거지?"

규학을 두어 번 살핀 사람들은 규학의 멀쩡함에 서로를 바라보며 고개를 갸우뚱거렸다. 그중 한 사내가 자신의 아랫도리를 가리키며 "응? 응? 그래?" 하는데 민망하고 어이가 없어 규학은 되레 그를 빤히 쳐다보았었다. 그때 규학은 슬금슬금 제자리로 돌아가는 그들을 보며 '몇 년 후, 어쩌면 몇 달 사이 나도 저들처럼 천을 감고 주저앉아 벌겋게 보이는 눈꺼풀이 바람 맞는 것을 피하기 위해 구멍만 내고 다닐지도 모른다’는, 견디기 힘든 생각을 했었다. 그러면서도 어떤 상황이 오든 받아드리기로 다짐을 했었다.

‘그건 그때 생각하면 돼.’

그런데 규학에게 그런 날은 오지 않았다.

천형을 받은 자 가운데 천운을 누릴 수 있는 사람이 있다는 것을 증명이라도 하듯, 아니면 간호사 아내를 둔 덕을 보는 것인지도.

그러나 간호사와 결혼한 몇 몇을 알고 있지만 모두가 규학과 같지 않다는 것이 그의 마음을 까마득한 마비에 들게 했다.

115

녹동항에서 통통배에 몸을 싣는 순간, 진한은 길게 한숨을 토해냈다.

갈 곳이 없어 고향이라는 허울로 그곳을 찾아드는 것이, 그리고 살겠다고 그러는 자신이 비참했다.

진한은 마침내 소록도에 발을 디뎠다.

아버지 강 목사의 장례식에 다녀간 것을 빼면 얼추 십 년 만이었다. 주민들은 진한을 알아봤다. “신문에서 봤다”고 하는 사람이 있는가 하면, “강 목사 아들”이라고 반기는 할머니들도 있었다. 물론 무슨 짐승 보듯 보는 사람도 있었다.

"그까짓 거 혐오감? 나는 그림 하나 모델 해줬다고 생각하면 그만이야. 물론 우리가 모델인 줄은 몰랐지만. 그래도 우리가 나름 뜬 거지, 떴어."

소록도는 많이 변해 있었다.

어릴 적의 소록도가 아니었다. 그럼에도 사람들은 외부인에게 방어적이었다. 한마디씩 놓고 보면 그들의 말은 트집이나 흠 잡을 데가 없었다. 어조나 말하는 분위기에는 어느 정도 거부의 감정이 실려 있었지만. 그럴 수밖에 없다는 것은 진한이 누구보다 잘 알고 있었다.

어쨌든 진한의 귀환은 섬사람들을 술렁이게 하고도 남았다.

틀림없이 권규학도 소식을 듣고도 남을 시간이었다. 하지만 아무리 둘러봐도 그의 모습은 보이지 않았다.

'만나려고 했으면 벌써 나왔겠지. 이 시간까지 안 나타나면 그럴 생각이 없는 거야.'

진한은 쓴웃음을 지으며 걸음을 옮겼다.

무작정 내려온 것이 미련한 짓이란 걸 후회하는 중이었다. 돌아가야 하나, 말아야 하나.

걸음이 멈춘 곳은 어릴 적, 마을 사람들을 피해 숨었던 곳이었다.

그때는 그곳을 벗어나면 끝장일 거 같아 숨어들었었다. 그러나 지금은 그곳이 아니면 갈 곳이 없어서였다. 생각해 보니 그때나 지금이나 진한의 처지는 별 반 다를 게 없었다. 웃음이 절로 나왔다. 그러면서도 자꾸만 마음이 쏠리는 데가 있었다. 아니다 하면서도 마음이 흘렀다.

권규학. 그는 지금 무엇을 하고 있을까.

진한은 이 생각을 되풀이하다가 의식에 떠오른 규학을 차단하고는 흐릿한 잠 속으로 침잠했다. 사방은 어둠으로 점령당한 지 오래였다.

진한이 섬뜩한 마음에 눈을 떠보니 누군가 손전등을 비추고 있었다. 일그러진 얼굴의 우천교였다.

"예서 뭐하나, 밥 먹어야지!"

진한은 어릴 때처럼 우천교의 손에 이끌려 목사관으로 갔다. 마을 사람들이 밥상을 차려놓고 그를 기다렸다. 그들은 진한에게 있었던 그간의 일들에 대해서는 아무것도 묻지 않았다. 다만, "자리에는 귀한 손님이 가득하고 술독에는 술이 비지 않아야 하는 법"이라며 서로가 앞 다퉈 진한에게 먹을거리를 챙기고 잠자리를 챙기려 했다.

하지만 진한은 마지못해 밥 몇 술을 떴을 뿐, 그들의 호의를 고마워하지 않았다. 여전히 비참한 자신의 처지를 슬퍼하고 서러워했던 것이다.

116

그날 밤, 목포를 다녀온 규학이 목사관을 찾았다.

진한은 규학을 새삼스러운 눈길로 쳐다보았다.

그는 마다하는 진한을 굳이 그의 집으로 안내했다.

규학의 뒤를 따라가던 진한은 반가움일 수 없는 감정을 밀어냈다. 결국 사람이 만든 문제의 해결은 사람으로서만 가능하다는 생각이 들었다. 규학이 나타나기 전까지 가졌던 모든 생각이 일시에 해결이 되었다.

은하는 없었다. 밤 근무라고 했다.

아이는 당연히 없었다. 단종수술을 받았을 테니. 그런데 좀 이상했다. 골골 거리고 허리도 못 펴는 단종수술을 받은 사람치곤 규학은 멀쩡했다. 그의 옆모습을 빤히 바라보는데 상처 또한 줄어 있었다.

'세상 많이 좋아졌네. 예전에만 해도 하루하루가 달라지는 사람들이었는데, 저 정도면 이 섬에서 굳이 살 이유가 없겠네. 아내가 간호사라 그런 거야? 하긴, 여길 떠나 뭘 할 수 있겠어.'

혼잣말처럼 중얼거리던 진한은 규학의 창고로 향했다.

구석에 있던 간이침대를 펼치고 자리에 누웠다.

빼곡한 책들이 눈에 잡혔으나 아무 생각이 없었다. 생각만
없는 것이 아니라 의욕도 없었다. 장소만 바뀌었다 뿐이지,
서울에서의 생활과 다를 바 없었다.

'이러다 죽는 게 내 팔자인가보네.'

열흘 즈음이 돼서야 정신이 드는 진한이었다. 책들 중,《지
와 사랑》이 눈에 잡혔기 때문이다. 자리에서 일어나 책을 집
어 들었다. 순간, 자기의 모습이 투영되면서 마음이 편안해지
는 것을 깨닫게 된다.

'죽을 때가 됐나 보네. 규학의 집에 온 걸 보니.'

그리고 그날 진한은, 오래 전 규학 몰래 훔쳐가려 했던
책의 갈피 속에서 그 옛날 자신이 그리다 만, 그림 한 점을
찾아냈다.

은실의 얼굴이었다. 그것도 대충 그리다 말았던 그림.

순간 은실의 얼굴이 오버랩 되면서 진한은 서둘러 그녀의
그림을 덮어버렸다. 마치 살인자가 가해자의 얼굴을 제대로
보지 못한다는 범죄자 심리가 작용한 듯했다.

진한은 또 다시 몇 날 며칠을 뒤척거렸다.

죄를 지은 사람은 절대로 편할 수 없었다.

진한은 자신의 짐 속에서 화구통을 찾아냈다. 그러고는 덮
어버린, 은실의 그림을 다시 펼쳐놓았다.

'은실인 이렇게 생기지 않았어.'

당시 진한은 은실에게 잘 보이기 위해 실물을 다르게 표현
했었다. 눈도 좀 크게 그렸고, 입도 자그마하게 그렸었다. 턱

에 시선이 옮겨졌다. 은실이의 환부는 턱부터 목을 타고 내려갔었다. 그것은 사실대로 그렸다. 이왕 그려줄 거면 그 곳도 미화를 시킬 것이지, 그 곳만 사실대로 그렸던 것은 그런 심리가 작용했었던 것이다.

'그래야 너라는 존재와 나라는 존재의 차별성을 두는 거니까,'

그 그림을 보고 은실의 시선이 멈춰 있을 때, 진한은 이렇게 둘러댔었다.

"그 상처도 예쁜 무늬 같지 않니?"

은실이는 눈을 반짝이며 '정말?'하고 되물었었다. 그런 은실이에게 진한은 색깔을 칠하고 싶으니 물감을 구해달라고 했었다.

그래서인지 진한의 눈앞엔 은실이가 부채춤을 추는 아이처럼 뱅글뱅글 도는 모습이 보였다. 그 사이 사이로 그림물감을 건네주고, 붓과 도화지, 연필, 지우개 등을 건네는 모습이 지나갔다. 구역질을 참으며 은실의 머리카락을 만지는 진한의 손가락, 흠칫하고 놀라서 빨갛게 된 눈으로 진한을 보는 눈, 그리고 빌고 있는 은실의 모습 등.

한 번도 좋아한 적 없는 아이였고, 진심으로 대한 적 없는 아이였다. 생각이 거기에 미치자 진한의 가슴 속에 불덩이가 꿈틀거리는 듯했다. 은실의 그림에서 진한의 가슴께로 아픔이 전해져 왔던 것이다. 흐느껴 울기 시작했다. 밤새도록이었다.

다음날 진한은 이젤을 세워놓았다.

은실의 얼굴을 새롭게 그리기 시작했다.

밥도 거른 채 계속해 그림을 그려댔다. 턱도 말끔하게. 누나 진영에게 조공으로 바쳤던 머리핀도 그려 넣었다.

벌써 여러 날, 걱정스런 마음에 규학이 창고 문을 살며시 열자, 진한은 그림을 완성해 놓고 엎어져 자고 있었다. 규학은 다가가 무릎을 꿇고 진한의 얼굴을 물끄러미 들여다보았다. 참 잘 생긴 얼굴이었다. 오뚝한 코에 날렵한 턱선.

규학도 그날 처음으로 진한의 제대로 된 모습을 볼 수 있었다.

"진한아, 어디 너만 그랬겠냐? 우린 모두 죄인이다. 있는 그대로의 모습을 볼 줄 모르는 죄인들."

혼잣말처럼 던진 규학의 말은 진한의 마음으로 잇대어져 울려 퍼졌다.

117

의식보단 무의식에, 의지보단 습관에 좌우되는 것이 인간이다.

규학은 은하와의 말다툼 이후, 무의식과 습관을 오가며 그녀를 대하기 시작했다. 규학은 그날도 습관처럼 병원을 찾아갔다.

간호사 스테이션으로 다가오는 규학을 본 다른 간호사들은 그런 규학과 은하를 번갈아 보고는 부러워 죽겠다는 표정을 지었다.

마침 퇴근 시간으로 다른 간호사들이 빠져 나가면 은하는 기록지를 꺼내어 규학의 상태를 살폈다. 그러나 은하는 선뜻 기록을 하지 못했다. 지금껏 규학의 그런 모습은 처음이어서 긴장한 때문이었다.

"이 시간에 오신 거, 같이 있어 주려고 그런 거죠?"

"당신한테 물어보고 싶은 게 있어서. 목포에 가게 된 거 말이야."

"목포?"

"그 날 무슨 일이 있었는지 알고 싶어."

"그건, 다른 사람 처방과 바뀐 거라……."

"바뀌지 않았어. 매일 보는 약이야. 그걸 내가 모를까. 그 날 난 쇼크가 왔어. 호흡곤란. 페니실린을 썼을 거야 당신이. 얼마든지 쉽게 구하는 거니까. 페니실린을 내게 과다투여해서 일부러 쇼크가 오도록 한 다음, 목포로 갔지. 그러고는 항히스타민제, 스테로이드, 혈압 상승제를 투여, 정상으로 돌아오게 한 거고. 아닌가? 이는 우연이 아니야. 그날 주사를 담당한 장 간호사 대신 당신이 나왔거든."

"그게 뭐가 나빠요?"

규학은 잠시 "그게 뭐가 나빠요?"라며 당당하게 말을 하는 은하의 표정을 살폈다. 일반적으로 사람들은 자신이 거짓말을 잘 못한다고 생각하는 경향이 있다. 그러나 많은 심리학자들은 실제로 사람들은 스스로 생각하는 것보다 훨씬 능력 있는 거짓말쟁이라고 했다. 은하도 예외는 아니었다. "그게 뭐가 나빠요?"란 그녀의 말에는 너무도 많은 거짓말이 숨어 있었다. 그녀는 그 모든 거짓말을 함축시켜 "그게 뭐가 나빠요?"라는 말로 자신의 의도를 들키지 않고 규학에게 영향력을 행사하려 든 것이었다.

"그래, 나쁘지 않아."

"난 당신을 지켜주고 싶었어요."

"소름 돋아, 소름 돋는다구. 당신은 대체 얼마나 많은 시간을 준비한 거지? 잠깐 보자고, 십분? 그 타이밍은 뭐지? 골든타임이라 제비배를 대기 시켰어? 목포까지 가는 배 시간까지 알아놓고, 대체 얼마를 준비한 거냐고. 병원에서 눈을 떴을 때, 보였던 당신 그 눈물. 내가 죽을까봐 무서웠다고? 무서워서?"

"왜요, 반병신 돼서 나오는 그 고문대에 올리기 싫었어요. 만약 당신이 의사라면, 내가 당신 입장이었다면 당신도 그러지 않겠어요?"

질세라 목소리를 높여 말을 하는 은하를 보는 규학의 입에선 무겁고 긴 한숨이 새어나왔다.

"속였다고 생각하지 마세요. 그 계획을 알려줬다면 당신, 긴장하고 겁먹을 거라구요. 들키면 어쩌지, 그런 생각 한 번도 안 할 거 같아요? 내가 모든 걸 다 알아서 한 거예요. 몰라요? 그렇게 하면서까지 당신 지킨 거예요. 그게 뭐가 그리

잘못 된 건가요? 당신, 여기서 지내면서 변한 거 인식하고 살긴 하나요? 원래 당신이 그렇게 부드러운 사람이었나요? 아닐 걸요. 이 섬은 누구든 어디서 뭘 하던 사람이든, 소심하고 겁먹고 약하게 만들어요. 알아요?”

“그래 나 겁나.”

규학은 신음 같은 대답을 했다.

“당신 겁쟁이라는 말 아니에요. 그런 뜻 아니에요. 오해 말아요.”

은하는 자신의 말이 지나쳤다 싶은지 규학에게 다가가 포옹을 하려고 했다. 하지만 규학은 은하를 밀쳐냈다.

“당신 정말 무서운 여자야. 당신이 지금 한 그 말이 그 기록에서. 보고서에서. 다 증명된 거니까. 난 그래서 당신 무서워.”

“……”

규학은 마침내 화를 터뜨렸다. 책상 위에 올려 있던 기록지와 은하가 갖고 있는 기록지를 빼앗아 바닥에 집어던져 버렸다.

“그룹은 누가 나눈 건데? 보고서는 누구의 지시로 쓰는 건데?”

“몰아세우지 말아요. 부탁이에요.”

규학은 또 다른 기록지를 꺼내 바닥에 던졌다.

“이 내용은 뭐야? 뭘 실험한 거야? 당신 정체는 뭐야?”

“그러지 마요.”

“죽는 거 알면서 그런 거야. 죽게 놔두고. 썩게 만들고 방치하고, 잘라버리고. 그렇지?”

“난 나쁜 짓이라고 생각하지 않아요. 내 이익 때문이 아니잖아요. 많은 사람이 치료할 수 있는, 말 그대로 자료일 뿐이에요. 희생자는 반드시 필요해요. 누가 됐든.”

어느덧 차분하기까지 한 은하였다. 책상과 바닥에 떨어진 기록지를 줍는 여유를 부렸다. 규학은 은하의 그런 모습에 신경이 쭈뼛 곤두서는 것을 느꼈다.

“남자인 당신이라면 어땠을까요? 어쩌면 더 할 수 있어요. 돈, 권력까지 누릴 수 있는 일이니까. 병원 원장한테 왜 이 일을 맡기지 않은 줄 알아요? 그 사람이야말로 뒤통수도 칠 수 있는 사람이니까. 난 전혀. 권력? 욕심? 그런 거 없어요.”

말을 하는 동안 은하는 널브러져 있던 기록지들을 모두 주워 모았다.

“내가 무서워요? 이 따위 기록지 때문에? 아니면 내가 당신한테 무슨 짓이라고 한 것 같아서 그런가요? 그래요, 당신한테 한 것도 있어요. 당신이 어떻게 변했는가는 당신이 더 잘 알겠죠.”

“죽어가는 실험을 하면서 날 고쳐놓은 거라고? 날 살린 거라고?”

“네, 그게 우연일 거 같아요? 난 당신 살리는 조건으로 여기 있는 사람 다 죽이라면…… 해요, 난 한다구요.”

규학은 눈에 살기마저 가득한 은하의 팔을 휘어잡았다. 속에서 뜨거운 덩어리가 치밀어 목구멍을 틀어막았다.

사람을 죽이라면 죽인다니…….

"내 잘못이라면 당신 하나 예외로 둔 거. 그것 말고는 없어요."

"그래, 당신 잘못 없어. 그 사람들이 잘못한 거지. 믿고 있는 사람들에게 등을 보였다는 거."

"난 무서울 거 없어요."

"아니, 있어.

"없어요, 없다구요."

악다구니를 쓰는 은하였다.

규학은 더는 물고 뜯는 말대거리가 의미 없다는 생각에 몸을 돌려 밖으로 향했다.

바로 그 순간, 시간이 좀 더 진한 어둠 쪽으로 기운 그 시간, 어둠 속에서 둘의 대화를 듣게 된 진한은 고개를 외로 꼰 채 싸늘히 내쏘았다. 그러고는 싸늘함이 느껴질 웃음을 어색하게 짓고 있었다.

118

진한은 두통약을 얻기 위해 잠깐 병원을 찾았었다.

그리고 그곳에서 규학과 은하의 말다툼을 듣게 되면서 자신의 첫 사랑이 소름 끼치는 여자였다는 사실에 맨바닥에 풀썩 주저앉았다. 마음이 무너졌다. 인간으로서 최소한의 진실도 담겨있지 않던 그녀의 얼굴에서 또 다른 누군가를 보는 듯해 견딜 수가 없었던 것이다.

창고로 돌아온 진한은 다른 생각은 아무것도 하지 않기로 했다. 은실을 그려냈듯 이전에 모델로 썼던. 그 몽환적이고 모딜리아니 풍에 고흐의 화려한 칼라로 포장을 한 그들의 얼굴을 그려대기 시작했다. 그들이 병에 걸리지 않았더라면 이렇게 생겼으리라 상상하면서.

뭉그러진 여인의 손은 잘 다듬은 손톱모양까지 선명하게 그려 넣었다. 눈썹도 세련되게 그려 넣었다. 누가 봐도 화려한 초상화가 완성되었다. 뭔가 아쉬운 듯, 진한은 골똘히 생각을 하다가 비스듬한 자리에 거울 하나를 그렸다.

흐릿한 그림은 뭉그러진 얼굴이었다.

조롱하려는 것이 아니었다. 결코 그들을 잊지 않기 위해 그려 넣었던 것이다. 열댓 점의 그림이 창고에 쌓이자 목사는 학교에 걸어놓고 사람들을 초대했다. 그들 중에는 진한의 꼴조차 보고 싶어 하지 않는 한 사람이 있었다.

"이제는 저대로 그려서 재기하려 하는 거야, 뭐야? 사람 이용하는 거 질리지도 않나?"

물론 진한은 그럴 생각이 없었다. 사죄하고 싶었던 것이다. 사과하고 싶고 위로하고 싶었던 것이다.

"우리는 아무에게도 위로 받지 못한다. 위로하는 사람들의 그 속을 까보면 죄다 자기만족인 거야. 선심을 베풀고 문둥이에게 눈물을 흘려주면 착한 사람쯤으로 평가 받을 테니 말이야.”

“사실을 말하면 사실로 들어 줄 순 없는 거니?”

“눈, 코, 입 제대로 달린 그림을 보고 ‘우리’라고 하는데, 그 거짓말부터 바꾸고 말해라. 차라리 이 얼굴을 그려 봐봐. 적나라하게. 화려한 색도 없이. 그냥 이렇게 눈가죽이 내려앉은 이 모습.”

“난 그저 당신들이 저 병에 걸리지 않았더라면 이렇게 생겼을 거라는 상상을 쏟아냈을 뿐이야.”

“그래? 그럼 네가 문둥이라면 어떻게 생겼을지 그것 먼저 그려봐라.”

논쟁이 이어지자 우천교가 두 사람의 말을 가로막고 나섰다.

“자네 그만하게. 저 친구가 한 짓은 이미 대가를 치렀으니까. 그림은 그냥 보고 감상하고 좋아하면 되는 거 아닌가. 비극을 그린 그림 앞에서는 울어주면 좋겠지만, 저 그림은 비극은 아니니까 우린 그냥 좋아하면 되는 거야. 그게 교양 있게 그림 보는 법이야.”

진한은 비로소 화가의 시선으로 사람들의 상처를 살펴보기 시작한다. 그들의 상태, 변화, 치료 되는 과정들을……

119

어느 일요일 아침. 불안하고 불길한 표정의 유은하는 쪽지 하나를 남긴 채 소록도를 떠나갔다. 쪽지에는 주소 하나만 메모 되어 있을 뿐, 그 흔한 미안하다는 말조차도 씌어있지 않았다.

떠나는 것은 그녀였지만, 그렇다고 남겨진 사람이 규학인 것은 아니었다. 그러니 규학은 남겨진 자가 담당해야 할 고통 따위는 몰라도 무방했다.

언젠가는 그에게로 돌아올 여지를 두고 떠나는 그녀였을지는 몰라도 규학은 그것이 끝이라는 것을 너무나 잘 알고 있었다.

그녀는 수동적으로 살아야 하는 이 섬에서 규학으로 하여금 그만큼 무능하고 아무것도 할 수 없는 환자라는 것을 각인시켰기 때문이다.

은하 누님께 2

답신을 조금 더 기다려 보려다가 펜을 들었습니다.

(경험상 내가 살아있다는 완전한 증거가 된 것은 "죽고 싶다"는 생각이 들 때였습니다. 당연하지요. 살아있으니까 죽고 싶겠지요. 참 쉬우면서도 어려운 말 같습니다.)

먼저 보낸 편지는 받아보셨으리라 믿습니다.

답장이 없는 걸 증거 삼았으니까요.

이 말을 하기 위해 첫 문장을 쓴 건 아닙니다. 답장을 기다리다가 이런저런 생각을 하게 되었고 그러다 보니 그 생각이 들었습니다.

은하 누님.

누님은 해야 할 일, 당연한 일을 했을 뿐인데 궁지에 몰렸다고 생각하시는 건가요?

누님께 회유와 협박을 하는 걸로 보입니까?

저는 취조하는 것도 아니고, 오래 전 거절당한 감정에 대해 치졸한 복수를 하는 것도 아닙니다. 저는 단지 알고 싶은 것이 몇 가지 있을 뿐입니다.

몇 줄 써놓고 일과를 마치니 어느새 저녁입니다.

아시다시피 이곳은 이맘쯤이 참 아름답습니다.

저는 가끔 그렇습니다.

일과를 마치고 이곳에서 쉴 때.

좁은 화실에 늘어놓은 도구들을 아무 생각 없이 바라보며 차 한 잔 마실 때.

지금처럼 편지를 쓰면서 문득 손톱 밑에 끼어있는 여러 가지 유화 색채가 눈에 들어올 때, 나는 그림쟁이구나, 하는 걸 새삼 느낍니다.

이상하지요?

캔버스에 내가 결정한 색감이 입혀지는 걸 똑똑히 보면서도 그림을 그리고 있다는 인식을 못하다니요. 너무나 당연해서 그런 걸까요.

누님도 그런 경험이 있으신가요?

직업이다 보니, 지침대로 움직이다 보니, 대하는 사람들이 환자이다 보니, 그 자체가 일상이다 보니 오히려 내가 하는 일을 인식하지 못한, 뭐 그런 거.

잠시 내가 누님을 당황스럽게 만들었구나, 하는 생각을 해봤습니다.

은하 누님.

저는 누님을 인격적으로 공격하거나, 그 문제를 놓고 누님을 괴롭히고, 숨통을 조여 대는 고문을 할 생각은 추호도 없습니다. 그건 이미 겪었으니까요.

사실 저는 그 날 - 제가 서른여섯이 되던 해지요. - 규학 형님과 누님의 대화를 듣게 되었습니다.

저는 그날, 두 분이 병원사무실에서 다툴 때, 두 분의 다툼 원인은 바로 나였구나, 하는 착각에 빠져버렸습니다. 수년 만에 내가 돌아왔다는 이유 하나만으로도 - 아주 오래된 감정, 일방적인 감정이라 해도 내가 어떤 감정으로 누님을 대했는지, 너무나 잘 아는 - 규학 형님이, 그리고 십 수 년 전 연정을 품었던 애송이가 완전한 남자의 모습으로 등장한 순간 긴장했다는 대단한 착각과 오만에 빠졌습니다.

내가 놀라서 두 분을 바라본 건 형님이 누님의 팔목을 휘어잡고 당장이라도 죽일 듯한 눈빛을 봐서가 아니었습니다.

형님의 얼굴은 일그러져야 했지요.

녹아야 했습니다.

그러나 맨 처음 그를 봤을 때 그 얼굴, 오히려 그때로 되돌아갔으니까요.

내가 경악했던 이유는 그거였습니다.

저는 규학 형님을 아주 많이 좋아했습니다.

아시다시피 목사인 제 아버지가 심각하게 여길 정도로 형님을 너무나도 좋아했지요.

그리고 내가 일 년간 바라보던 여자에게 대범한 고백을 했습니다.

나는 그 며칠 간 열병에 시달리다가 일어났는데 그건 짝사랑이라는 감정이 아니라 고백을 못한 답답함이었습니다. 고백하리라 마음먹은 순간 열은 내렸으니까요.

누님은 그날 나에게 "미안하다"라는 사과도 없이 이렇게 말했습니다.

꿈꾸는 표정으로. 어딘가를 바라보면서.

"이 세상에는 오직 한 명의 남자만 존재하는데 그 남자는 권규학이야."

그가 죽어버렸으면 했고 그날 나는 형님을 죽일 작정으로 덤볐지요.

카인이 아벨을 죽인 이유가 질투라고 하지만 그 질투의 근원은 인정받지 못한 자의 분노라고 생각합니다. 나는 왜 안 된다는 거냐, 그거지요.

그래서 나는 두 사람이 함께하지 못하는 자체만으로도 행복으로 여길 작정이었습니다. 그 만큼 형님을 미워했지요. 그래서 거짓말을 했습니다.

"단 한 번이었지만 권규학은 나를 성추행했다."

나는 다른 사람에게도 했습니다. 단 한 명. 그래야 증인이 되니까요.

나는 양심이 조금 찔리긴 했지만 몇 개월 지나다 보니 그 거짓말조차도 - 너무 많은 거짓말을 해서 - 잊었습니다.

그리고 어느 날 문득 내가 증인으로 삼으려 했던 그 사람과 같은 공간에 앉아서 이런 저런 이야기를 했지요. 내가 집중하고 있던 것은 누님이 형님을 경계하고 있다는 확신이었지요.

그때 내 증인이 불쑥 말을 꺼냈습니다. 내가 만들어낸 그 가짜 사건.

만약 그 질문에 형님이 "내가? 언제? 진한아, 내가 그랬었니?" 한다면 어떻게 해야 하지?

형님은 당황한 눈빛으로 나에게 시선을 보냈고 나는 고개를 바로 떨어뜨렸습니다.

아무런 생각도 나지 않았습니다. 죽을 것 같았고요.

그 영원과도 같았던 순간은 정말 1초였을까요.

그랬지요. 형님은 즉각적으로 대답 했으니 말입니다.

"그러게…… 그땐 내가 왜 그랬을까, 진한아. 미안하다. 언젠가는 사과하고 싶었는데, 정말 미안하다. 나 좀 용서해주라."

난 너무 당황했고 주눅이 들어 형님을 힐끔 올려봤는데,

그는 모든 걸 꿰뚫어본 눈이었습니다. 나를 정말 유치하고 어린 애송이로 보고 있다는 거.

― 너 참 불쌍하다. 그렇게 해서라도. 그러니?

순간 또 이런 생각이 났습니다.

― 내가 아무리 발악을 해도 권규학을 이길 수 없다. 당신이 이겼다.

그리고 알아버렸지요.

― 아, 드디어. 이 사람은 나를 미워하기 시작했구나.

나는 그것을 견디지 못해 그 섬에서 떠나버린 겁니다. 아시겠지요?

얼마 전 그 이야기를 형님에게 꺼냈습니다.

하도 오래 된 일이어서 아무렇지도 않게 그 이야기를 꺼낸다는 자체가 우습긴 해도, 형님은 까맣게 잊었을지도 모르겠다면서 꺼낸 그 이야기를 이번엔 내가 아무렇지도 않게 꺼냈습니다.

형님은 침묵했습니다.

형님은 아주 많은 상처를 받았고 그건 어떤 누명, 거짓말, 그것과 다른 단지 상실감 하나였다고 했습니다.

정말로 그 자리에서 하고 싶었던 말이 있었다고, 그래서 하라고 했지요.

― 저 여자 때문에 나한테 그간 그래왔다면.

몇 개월간 나에게 왜 그러냐고.

마음 쓰이던 그 모든 것이 결국 이 여자 때문이라면

나한테 이러지 마.

저 여자 때문에 나한테 이러지 마.

나르치스와 골드문트를 운운하던 - 그가 좋아하는 책이지요. 그래서 빌려봤고, 나에게 줬습니다. 17살 때. - 네가 말한 우정이 고작 이거였니?

"상실감. 그거였지."

요즘에 나는 오래 전 이야기를 꺼내어 물어보는 취미가 붙은 모양입니다.

누님, 대체 그 내용은 뭔가요?

어째서 OOO씨는 단 2주 만에 다리를 잘라야 했습니까?

완치 가능성이 80퍼센트라는 그 순간. 멈춰버린 그 증상이 어떻게 그렇게나 빨리, 순식간에. OOO씨 이후로 어째서 몇 주. 한두 달 만에 다리가 썩어서 잘라내야 하는 사람들이 나왔습니까?

누님이 준 그 약은 대체 뭔가요?

형님은 왜 호전이 되었나요?

형님은 왜 그날 이후 괴로워했습니까?

며칠 후 누님이 소각장에 태워버린 노트에는 무엇을 적어놓은 겁니까?

그들이 그 병에 걸렸기 때문에 실험대상이 되는 건 당연한 거였나요?

어떤 사람들의 소소한 일상이 이들에게는 전쟁에서 이겨야 가질 수 있는 전리품이 되었습니다. 패잔병이 되더라도 목숨을 부지한 것만 해도 감사할 지경이지요.

많은 권리를 찾으려는 게 아닙니다. 그저 알고 싶을 뿐입니다.

19 년 (지난 번 편지에서 한두 달 지난 달) 월. 일

소록도에서 강진한 드림.

추신 1 : 겉봉투에 쓴 바와 같이 읽을 생각이 없다면 반송하시고,

답을 하고 싶지만 생각할 시간이 더 필요하다면 빈 봉투라도 보내주십시오.

추신 2 : 규학 형님은 건강하십니다. 늘 그래왔듯이.

120

　규학은 1981년 9월 10일 목요일자 신문을 보다가 피카소의 그림 〈게르니카〉가 그의 유언대로 스페인으로 귀환했다는 소식을 접했다. 피카소는 당시 조국을 떠나 있었다는 죄책감과 희생자를 애도하며 반전을 표현한 작품을 그렸다.

　그 기사를 읽고 또 읽던 규학은 불현듯 그런 생각을 했다.

　"우리 진한이도 사실화를 그린다면 어떨까.

　화려한 색채에 비극을 담아낸다면 그야말로 레싱이 말하는 고통과 아름다움의 극치가 표현되는, 또 다른 라오콘이 탄생할 수 있을 것 같은데……."

은하 누님께 3

　간밤에 누님의 따뜻하고 아담해 보이는 집의 - 아마도 부엌이겠지요. - 노란색 불빛을 바라보았습니다. 작은 창에 비춰진 여인의 그림자는 늘 바지런히 움직이던 누님과도 닮았더군요.
　편지를 읽다 말고 소스라치게 놀라셨겠지요.
　그러나 누님도 한 번쯤은 불쑥 제가 찾아온다는 생각해보셨으리라 짐작합니다.

　사실 이 편지는 제가 누님께 직접 드리고 싶었습니다. 그것 말고는 없습니다. 어떤 말을 준비하고 누님이 이렇게 나오면 나는 이렇게 해야지 하는 생각조차 하지 않았습니다.
　그저 이 편지를 누님이 받았다는 것만이라도 확인하고 싶었습니다. 그렇게 되면 지난 5년간 보낸 편지는 답장이 없었던 것일 테니까요.
　그러고 보니 올해 가을에 들어서부터는 답장보다는 그저 읽어주는 것만으로도 감사하게 생각하는 모양입니다.

　얼마 전 신문 기사는 보셨으리라 합니다.

WHO에서 답손의 내성균을 보완한 새로운 나병치료제가 개발되고 있다는 소식 말입니다. 그간 학회에 보고된 여러 가지 문제점을 보완한 제품인데 실험을 통한 부작용을 구구절절 설명 했더군요. 41년 이후 꾸준하게 연구하고 실패를 경험한 결과물이라고 자화자찬하는 내용들.

어느 날 갑자기 죽어버린 사람들.

갑작스런 고열. 불에 타는 듯한 통증. 입과 항문이 헐고 급속하게 퍼지는 피부병. 갑자기 썩어들어 가는 현상. 입안과 눈의 점막, 호흡곤란, 재생불량성 빈혈. 정신병, 우울증, 조울증, 췌장염. 구토, 혈뇨, 장님이 되어버리는 사람들. 콩팥이 썩어버리는 사람들. 완치가 되었다고 믿었던 사람들의 팔다리가 두 달 만에 잘려져 나간 일들.

어떤 공식처럼 누님의 기록지 - 오해 마십시오. 규학 형님은 그 기록의 출처에 대해서는 끝까지 함구하셨고, 알아낸 건 바로 저입니다. 기록지를 들고 형님께 찾아갔을 때 형님은 "그래도 내 아내였다" 라고 했으니까요. - 내용과 너무나도 똑같지 않습니까?

더 이상 질문은 하지 않겠습니다.

누님에게 어떠한 책임이나 대가를 치르게 할 생각은 애초부터 없었으니 안심하십시오.

만약 그들이 비공식적인 실험대상이라면 그들이야말로 순교자겠지요. 굶은 사자에게 자기 뼈가 으스러지는 소리를 들

으면서 죽은 순교자들, 참수를 당한 순교자들, 장시간 고문을
당하며 죽은 순교자들.

　다른 점이라는 건 그들은 죽음을 각오했지만 이들은 원인
을 알 수 없었습니다. 남은 인생마저도 고문 도구가 되면서
다른 사람들을 살리는 길을 안내해준 순교자들이겠지요.

　그러니 그들에게 무슨 이야기를 해줘야 할까요.

　편지에 얼룩이 묻었습니다. 커피 자국입니다.

　인사동은 정말 오랜만에 와보는군요. 그다지 바뀐 분위기도
모르겠습니다.

　저 위까지만 썼을 때만 해도 관자놀이 혈관이 불끈 솟아올
라 쓰러질 지경이었는데 커피 한 잔을 더 시켜놓고 잠시 숨
을 고르는 중입니다.

　어디까지 썼나 읽어봤습니다.

　다시 두통이 올라오려고 합니다.

　베이컨은 "복수를 하려는 자는 일부러 그 상처를 그대로
둔다"고 했습니다. 그들의 상처는 복수와는 무관한 것이지요.

　그래도 그들이 "왜" 라고 묻는다면.

　"과거의 기억이 너에게 기쁨을 줄 때만 과거에 대해 생각
하라."

　썩 괜찮지 않습니까?

　제인 오스틴의 오만과 편견에 나오는 글입니다. 읽어보셨지요?

잠시 공상을 해봤습니다.

이러 저러한.

저도 그렇듯이 모두에게는 그럴만한 이유는 분명히 있겠지요. 다만 그 이유가 다른 사람에게도 공감이 가고 납득이 가냐, 그 차이겠지만요.

아무튼 세상에서 가장 무서운 건 "정체를 알 수 없는 거" 같습니다. 물질이든 사람이든 말이지요.

만나기로 한 사람이 오는군요.

이만 작별인사 드립니다.

건강하세요.

1981년 11월 8일

인사동에서 강진한 드림.

에필로그

강진한님께

처음으로 답장을 드리는 편지가 그간 저에게 보낸 편지의 목적과 상이한 내용이 머리글이라 정말 미안합니다.
비로소 오늘에야 편지를 쓰는 이유는 더 이상은 보내지 않겠다는 작별인사 라는 글에 가슴이 무너지기 때문입니다.

편지는 처음부터 마지막까지 다 받아보았습니다.
이유는 하나였습니다.
행여 그 분의 소식이라도 들을 수 있을까 해서지요.
마지막 편지에 비록 그분의 안부는 남겨있지 않아도 이름만 봐도 여전히 가슴이 떨리는 미련한 여자입니다.

작별인사라는 말에 허겁지겁 노트를 찢어 써대는 꼴이 참 우습다는 생각이 들어요.

솔직한 내 심정을 쓸게요.
첫 편지를 받았을 때는 나를 몰아세우고 질문을 쏟아내는 글에 화가 났습니다. 내가 뭘 그리 잘못했나 하는 생각이 들어서 그 편지는 두 번 다시 읽어보고 싶지 않았어요. 진한 씨도 말한 바와 같이 그게 내 의무였고 나름 자부심이 있었습니다.

나는 열다섯 살 때 부친을 여의고 어머니와 동생 네 명의 생계를 책임져야 했어요. 스물에 병원에 취직해서 삼년 간 열심히 악바리로 일하던 중 봉급 세 배와 가족이 거주할 집을 제공 받고 소록도로 갔습니다. 마다할 이유가 없었지요. 그분은 제가 근무하던 병원에 자주 드나들던 제약회사 간부였고, 나의 근무 평가는 자타가 인정했으니까요.
내가 해야 할 일은 환자들에게 제약회사에서 개발하는 약물을 복용하고 투여하는 거. 그들의 환자들의 변화, 부작용, 상태에 대한 보고였지요. 아시다시피 그 과정 중에 나는 내 남편을 보호했던 건 사실입니다.

화가 나서 그랬을까요.
그 편지의 답장은 식탁에서 바로 쓰기 시작했어요.
지금처럼 편지지도 아닌 노트를 뜯었고요.
쓰는 동안 화는 가라앉지 않았고 뒤죽박죽 떠오르는 대로 하고 싶은 말을 죄다 썼지요. 미친 음악가가 즉흥곡을 연주하는 것처럼 한 번도 쉬지 않고 쓴 후에 볼펜을 집어던졌습니다. 마치 지휘봉이라도 되는 것처럼 말이지요.

그리고 한참을 앉아있었는데 시간이 얼마나 갔는지는 모르겠습니다. 적막이 흐르면서 귓전에 울리는 말이 비수를 꽂더군요.

– 당신은 좋은 사람입니까.

나는 좋은 사람이라고 생각해왔어요.

그런데 만약 내가 정말로 착하고 좋은 사람이었다면 그분이 내 등을 떠밀었을까 하는 생각이 들더군요. 반면에 그는 좋은 사람이었기에 나를 견디지 못했겠지요.

(보세요. 무슨 내용을 묻던 간에 내 생각의 끝에는 항상 그분이 있답니다. 참 슬픕니다.)

나는 내 직업, 내 임무, 그리고 나는 성실하게 책임을 다했고 더구나 나는 그분께 더더욱 헌신적으로 해왔습니다. 내 평생 그렇게 사랑한 사람은 두 번 다시없을 것이고…….

떠나기 전 그분께도 이 말을 했더니 숨이 막힌다고 하더군요. 그만큼 나에게 정나미가 떨어졌겠지요.

그는 정말 좋은 사람이라고 생각했는데 정말 좋은 사람이라면 나에게 왜 이랬을까 하는 생각이 들었어요.

만약 내가 나쁜 사람이라면 좋은 사람은 다 감당해야 하는 게 아닌가 하는 생각이 들었어요.

나는 순간 그를 나쁜 사람으로 만들었습니다.

당신이 좋은 사람이라면 나에게 이럴 수는 없다고 소리 내어 울었고요.

어디선가 그의 목소리가 들리는 듯 했어요.

나에게 했던 그 말들이, 듣는 순간 부정하고 싶어서 깡그리 잊었던 그의 목소리.

서로 핏대를 세우며 싸워대던 그 날 그분께 매달리며 날내치지 말아 달라고 했을 때, 나만큼 당신을 사랑하는 사람은 아무도 없다고 그분 팔을 끌어안고 울던 나를 일으켜 세우더군요.

– 너무 화가 나서 그런 거야.

할 줄 알았어요. 분노의 폭풍은 이제 멈췄는지 알았지요.

– 당신 참 이기적이야.

"사랑하니까" 라는 말처럼 이기적인 것도 없어.

그 이유 하나만 들면서 "그러므로 허용된다"라는 말을 하고 모든 일에 타당성을 주잖아. 사랑하니까 이러는 거다.

…… 이상하지? 헌신적인 단어가 그렇게나 이기적으로 사용된다는 것이. 당신이 나한테 하는 그 말은 이제는 정말 듣기 싫은 말이 되어버렸어.

그분의 허탈한 목소리.

눈빛.

나에게 떠나버린 마음.

그 모든 것이 다시 각인 되었습니다.

그래서 나는 힘 빠진 손으로 그 편지는 찢어버렸어요.

그분과 결혼을 하기 전,

그에게 내가 끊임없이 다가갔을 때, 그분은 겁먹은 사람처럼 뒤로 물러섰었지요. 그러던 어느 날 그분 역시 나에 대한 수많은 고민과 갈등과 열정에 사로잡혀 있었다는 이야기를 했어요. 내가 그분의 꿈에 나왔던 이야기 몇 가지를 들려줬었는데 기대했던 것보다 싱겁기 그지없더군요. 내 표정을 보더니 그가 잠시 망설이다 말했어요.

— 둘 다 나란히 누워 있었는데……

나는 가슴이 뛰었어요. 정말 그랬어요. 비록 꿈이라 해도 말이지요.

— …… 나는 엎드린 채…… 우는 거 같았어. 뭔가 굉장히 슬펐던 거 같아. 그때 당신은 내 머리를 쓰다듬고 있었어. 그런데 나는 당신을 돌아보지 않았어…… 아마 우는 게 창피했나봐.

— 내가 당신을 위로하는 꿈이잖아요.

그리고 그분은 잠시 후 이런 말을 했어요.

— 그 꿈은 현실이 될 수 있을까.

현실이 되어버린 거 같아요.

그는 나에게 위로를 받고,

나는 그를 위로하는 사람인 줄 알고 살았지요.

그런데 말이에요, 지금 돌이켜 생각해보니

그는 나를 돌아보지 않았어요. 계속 그렇게 되겠지요.

답장을 하지 않은 이유는 큰 비밀이 있어서도 아니고,

대답할 시간을 벌기 위해서도 아니랍니다.

객관적으로 읽어본 내용들. 물론 겁이 나긴 했어요.

그럼에도 나를 용서 해달라는 말을 해야 할 이유는 여전히
모르겠습니다. 그들에게 미안하다는 말은 해야겠지만, 용서받
아야 할 만큼인지는 모르겠군요.

역시 나는 그분 말대로 내 범위 안에서 내 위주, 내 감성,
내 판단대로 모든 사물과 사람을 바라보나 봐요.

나는 바뀌지 않아요. 여전할 것이고요.

내가 먼저 죽게 된다면 그분은 후회하며 울게 될까요?

죽음을 생각하는 건 아니랍니다. 하지만 언젠가는 죽는 날이
있으니까. 만약 내가 죽었다는 소식을 듣게 된다면 오지 말아
주세요. 그분이 나를 위해 울지 않을까봐 그게 두렵습니다.

가끔이라도, 그분 안부를 전해주세요.
부탁합니다.

— 11월 10일

창신동에서

참고문헌

국립소록도병원, 《소록도 80년사》(국립소록도병원, 1996).

소록도연합교회, 《소록도》(KIATS, 2011).

양현진, 〈일제통치하 나병정책과 황민화 교육에 관한 연구〉, 부산외국어대학교
교육대학원 석사논문(2007).

정근식, 〈역비논단 : 일제말기 소록도 갱생원과 이춘상 사건〉, 〈역사비평〉, 제7
권, (2005).

조상래 외, 〈국립소록도병원 나환자 및 미감아에 있어서 나균 항원에 대한 항
체 조사〉, 〈대한피부과학회지〉 제26권4호, (1988).

문호준 장편소설 **일그러진 자화상**

2015년 8월 15일   1판 1쇄 인쇄
2015년 8월 25일   1판 1쇄 발행

저   자 문 호 준
발 행 인 김 용 성
발 행 처 **지우출판 / 법률출판사**
서울시 동대문구 휘경동 187-20 오스카빌딩 4층
전화 02)962-9154 팩스 02)962-9156
등록번호 제1-1982호
E-mail : lawnbook@hanmail.net
ISBN 978-89-91622-47-0   03810

정가 12,000원